广西 2014—2015 年重点文学创作扶持项目

杨彦 / 著

沙场骁将

李振亚

广西人民出版社

图书在版编目（CIP）数据

沙场骁将李振亚 / 杨彦著.—南宁：广西人民出版社，
2016.7

广西 2014～2015 年重点文学创作扶持项目
ISBN 978-7-219-09956-8

Ⅰ.①沙… Ⅱ.①杨… Ⅲ.①报告文学－中国－当代
Ⅳ.①I25

中国版本图书馆CIP数据核字（2016）第 167016 号

策划编辑　吴春霞
责任编辑　曾蔚茹
责任校对　林晓明
印前制作　麦林书装
封面设计　广大迅风艺术
　　　　　刘瑞锋

出版发行　广西人民出版社
社　　址　广西南宁市桂春路 6 号
邮　　编　530028
印　　刷　广西民族印刷包装集团有限公司
开　　本　787mm×1092mm　1/16
印　　张　12.75
字　　数　190 千字
版　　次　2016 年 7 月　第 1 版
印　　次　2016 年 7 月　第 1 次印刷
书　　号　ISBN 978-7-219-09956-8/I·1886
定　　价　30.00 元

目 录
C O N T E N T S

一、少年经磨难

李振亚，乳名阿四，曾用名李荣、李伯崇、李崇等。李振亚在参加红七军以至长征和中国人民抗日军政大学（简称"抗大"）工作期间，都用名李荣；抗战初期在南岳游击干部训练班及在东江纵队工作时，用名李伯崇或李崇；到海南工作后改名李振亚。

李振亚 1908 年出生于广西藤县金鸡乡大坟村盘蛇屯一个贫苦农民家庭。祖父和父母都是以种田为生。两个哥哥，一个在家种田，另一个去了国外做苦工；一个姐姐嫁给一个药店老板的儿子为妻。他从小跟随父母参加劳动，八九岁时父母先后去世。他先是跟哥嫂一起生活，后与祖父一起种田，维持生计。童年的李振亚，对每天付出的是面朝黄土背朝天的艰苦劳动，得来的是吃不饱、穿不暖的困苦生活感到不解。

他问祖父："爷爷，我们一年四季春夏秋冬都做工，为什么还是要吃粥？"

祖父叹口气，说："除了交租税，我们打下的谷米就不多，只能吃粥。"

小振亚还是不解地问："田主不用耕田，他们一家为什么吃得那么好？"

爷爷说："人家命好有钱买田，我们家命不好，没钱买田。"

小振亚不服地说："我不信，我们家天天耕田就没有田，田主不耕田倒有田！没天理！"

爷爷苦笑地说："等你再长大点就会明白！"

李振亚（1908—1948）

小振亚知道爷爷心里很苦，便不再问了。但是心中总有一个问号："耕田的穷人为什么总是要养不耕田的田主呢？"

小振亚8岁那一年，有一天，祖父很高兴地对他说："振亚，你想不想我们家有田？"振亚说："想！"爷爷说："读书吧，读书识字就能赚钱，有钱了就能买田。"小振亚高兴地说："真的，那我读书去！"祖父摸着他的头，充满希望地说："读书识字赚钱买田！"

小振亚进了村里的私塾读书。这间私塾只是一个小泥砖屋，10多张台凳上坐着10多个儿童，老师是个戴眼镜、穿长袍的老头，他教的是《三字经》。每次上课，这老头就摇头晃脑地带领大家念"人之初，性本善。性相近，习相远……"念10多遍后，就要学生学写字，填红格。小振亚对这样日复一日地念书背书，开始感到有点厌倦了。有一次，正在背书时，他突然站起来问："先生，爷爷说读书能赚钱买田，这样背书能赚钱吗？"老师一把戒尺打在他的头上，喝一声："坐下！"小振亚摸着头忍痛坐下。老师摇晃着脑袋似唱一般念："书中自有黄金屋，书中自有颜如玉！"小振亚不服地想："这样死背书能有黄金屋吗？"

他对读书的热情慢慢地淡下来。

小振亚读了两年私塾，第三年的夏天大旱，爷爷耕种的田地遇旱失收。一天晚上，爷爷点着小油灯，含泪对小振亚说："振亚，今年大旱，收成很差，交了租税，恐怕我们两爷孙冬天吃饭也困难，不能再供你读书了。"小振亚却爽快地说："爷爷我不读了！这样读书是赚不到钱的，我要进城打工。"

爷爷抱着小振亚百感交集地说："小振亚长大了！"

1925年春，17岁的李振亚到离村几公里路的金鸡圩一家饭馆当杂工，这家饭馆老板说打工有饭吃，两餐饭是用客人吃剩的饭菜再煮热给他吃，振亚愤怒地称之为"百家饭"。老板说每月工钱要看生意情况和他的表现再说。振亚的爷爷为在失收年头养活孙子，什么条件都答应。振亚为了贫苦的爷爷，忍气吞声，什么苦活、累活都去干。每天天还未亮，他就要起床把那锅猪骨汤烧开，然后开始洗菜，一大桶青菜要一条条洗干净备用。客人吃完饭，他就要赶紧收碗、洗碗，做完刚想歇一会儿，老板就会大声喝道："到厨房捧菜！"他就立刻跑到厨房捧菜。老板坐在柜台，抽着水烟筒，一边招呼着客人，一边吆喝着几个工人，绝对不会让你有空喘口气。振亚虽身体壮实也渐渐地感到累极了。同村的伙伴熬不住这种折磨，也回村去了。

振亚知道回家还是要挨饿，想到月底老板会发工钱、能拿工钱给爷爷就很开心，想到这里，他就咬着牙挺下去。

读了两年私塾的李振亚，已经认识不少字，每当晚上9点饭店关门以后，老板回村睡觉，振亚住在店内守店。他就从床底下拿出一盏灯草做芯的小油灯点着，拿出同村工友借给他看的《三国演义》和《水浒传》一页一页地看，直到眼困时才吹灯睡觉。他读《三国演义》，被诸葛亮的计谋深深感动，觉得打仗需要许多学问，要上懂天文下懂地理，还要懂排阵布局，真是不简单，他常常问自己："我能学得到吗？"读《水浒传》，就被那一百零八条好汉感动，书中每个好汉的境遇都是非常悲惨的，读到义愤的时候他就掩卷叹息："好汉都是被逼上梁山的！老子被逼得没活路，也要上梁山！"他只是出于一种对身世的悲愤，一个刚出来的后生，许多世事都还不明，他怎么上梁山？

有一晚，已回家的老板突然返回饭馆拿东西，看见振亚躺在床上点灯看书，顿时大怒，把振亚从床上揪起来，劈头就是一巴掌，破口大骂："你的狗胆真大，竟敢偷我的油来点灯看书！"振亚用手抹去嘴角的血，大声地争辩："店里的油你锁了，我怎么能偷！我点的是坑渠里的浮油。"老板松开手，恶狠狠地说："我不管你怎么说，这个月你是没有工钱了！不服你就滚！"

老板说完走了。振亚怒瞪着眼看着老板远去的身影，他感到在这个世界上，穷人和富人之间没有道理可言。

从此振亚不敢晚上点灯看书。饭馆关门以后，他就跑到附近人家门前，借着射出来的灯光看书。他小心翼翼地做工，既勤快又不叫苦，希望在第二个月底能够领到工钱。第二个月底过去了，第三个月初又过去了，老板根本没有想发工钱的意思。一天中午，吃饭的客人很少，他怀着希望对老板说："老板，上个月工钱你没有发。"老板笑吟吟地说："你想要工钱呀！"突然厉声地说，"你以为我不知道！叫你守店，每天晚上你都跑出去看书，根本不负责任，还想要工钱！"

振亚这时才明白，老板根本就不想付工钱，自己这两个多月是白干了。他愤怒地走近柜台，一把抓住老板胸脯并将其揪出来。老板惊恐地叫："你敢，老子叫警察抓你！"振亚朝老板脸上打了一拳，再朝他身上蹬一脚，把老板打翻在地。

随后，他拿着一个小包袱走了。

他想，进城去，我就不信找不到工做。他决定去离藤县几十公里的梧州市，那里商业繁荣，一定能找到工做。

西江和桂江交汇的梧州市，水运非常发达。这座城市的水运交通扼住云南、贵州、四川、广西往广东、香港、澳门的咽喉，是广西和广东的边城，工商业很发达。1925 年，就在李振亚前往梧州的时候，梧州市的工人、农民、学生运动正在掀起一波又一波的浪潮。

这要从辛亥革命推翻清政府后的形势说起。

清政府垮台后，掌握新军的袁世凯称帝百日随后因被各省反对而倒台。

1925 年 8 月梧州市工人示威游行

北洋军阀吴佩孚拥兵控制湘、鄂、豫三省，以及陕、冀部分地区；直系另一派军阀孙传芳拥兵盘踞赣、闽、浙、皖、苏五省；奉系军阀张作霖拥兵占东北各省和京、津等地。国家陷入分裂。领导辛亥革命的孙中山召开国民党代表大会，决定"联俄联共，打倒军阀"。

孙中山首先在南方发动革命，发动工人和农民群众并建立国民革命军进行北伐。1921 年 5 月孙中山在广州就任中华民国非常大总统，不久，于 1921 年 6、7 月间来到梧州。他多次登临白云山，观察进行北伐的进军路线，同时在梧州三多会堂、梧州中学操场、梧州大校场召开有国民党党员，各机关、团体、学校、商会代表，地方绅士以及各界人民群众参加的大会，发表一连串的演说，号召梧州人民起来反对帝国主义和封建军阀的统治。孙中山的三次来梧州宣传动员，极大地推动了梧州市工农界的反帝反军阀运动。

就在工农运动蓬勃发展时，1925 年 8 月，中共广州区委派共青团员龙启炎来梧州，复刊《民国日报》，以舆论推动工农运动发展，秘密发展共青团员。1926年9月，中共广州区委派周恩来同志到梧州召开党团核心会议，决定在梧州建党，把党团分散活动变成有组织活动。从1925年冬到1926年春，海员、建筑、力行（搬运）、洋务、秤员等20多个行业都组建了工会，全市90％的工人加入了工会。1925年，工人显示出力量，几百名建筑工人包围市法院，要求释放被资本家诬陷的10多名建筑工人，最后法院宣判无罪释放。工人和学生还召开群众大会，声讨土豪劣绅陈太龙。会后群众游行，冲击、捣毁陈太龙豪宅，群众高呼："打倒土豪劣绅，打倒军阀！"农民运动也汹涌发展，在市郊15公里内的乡村都成立了农民协会，会员将近万人。农会组织农民提出要求田主"二五减租"，进而提出"耕者有其田"口号，要求让贫苦农民占有土地；农民正面反对当局的苛捐杂税，市商埠局与资本家勾结，由资本家承包全市的粪便处理，农民进城取粪便作肥料必须交纳"粪溺捐"。此前百年来农民进城取粪便是不用付钱的，这激起郊区农民的义愤，几百名农民进城包围商埠局一天，逼使局长签字取消了"粪溺捐"。

李振亚在一个远房亲戚的介绍下，到了一家裁缝店打工。他面见裁缝店主时，老板对他从头到脚打量一遍。振亚心想，又不是找女婿，怎么这般认真，但他不敢说出口来。

老板问振亚："你会裁衣吗？"

振亚摇头："不会，我正想学。"

老板再问振亚："你会车衣吗？"

振亚还是摇头："我可以学！"

老板对远房亲戚说："都17岁的人了，什么都不懂，怎么当裁缝工？"

远房亲戚恳求道："那先当学徒吧，有口饭吃就成。"

振亚对远房亲戚着急地说："叔……"

远房亲戚扯他的衣角不让他说话，振亚着急得满脸通红，他不想再做没工钱的工。

老板沉吟一下，然后说："那好吧，先当三年学徒，有住有吃，没有工钱。愿干明天来上工！"

远房亲戚非常高兴地说："好，明天上工，明天上工！"

振亚不大情愿地说："叔……"远房亲戚向老板道谢，拉着振亚就走。振亚边走边说："叔，我怎么能做三年没工钱的工！"亲戚对他厉声地说："我怎么能养着你找工？明天上工。不去也得去！"

振亚到裁缝店做学徒工，但裁缝手艺根本一点也接触不到。他每天早上起来，扫地、烧开水，跟着老板娘到菜场买菜、拿菜，老板娘忙了要帮她看管孩子，要是孩子哭了老板娘就骂他。他稍有空闲想看着师傅裁剪衣服，老板就会吆喝："阿四，给客户送衣服去！"

日子一天天过去，振亚实在忍不住了，对老板说："老板，我当学徒，连看师父裁剪都没机会，那我怎么当学徒？"老板冷笑："这是行规，学徒第一年就是当杂工，第二年也要当杂工，真正学一年就够了。"振亚被老板的话气得说不出话来。原来这两年就是要白干！

李振亚当学徒杂工，他跟老板娘买菜、送衣服给客户时，经常穿街过市，不断地看到工人罢工示威游行，农民成群结队进城请愿，学生不时在街头当众演讲，讲到激动时就会和围观群众高喊口号："打倒军阀！打倒帝国主义！"有时他就驻足听学生们演讲。进城才一个多月的李振亚，被工人和农民运动震动，他开始明白，老板也会怕工人，田主也会怕佃农。但谁能够让不同行业的工人，分散于各村的农民心齐呢？他的心中有着一种强烈的探求欲望。

有一天，李振亚把衣服送到客户家以后，心想回去老板也不会让自己闲着，就在街头上转来转去，听一群一群学生在街头演讲，他听一群学生讲完，又转到另一群正在演讲的学生当中。这学生是个穿中山装的男同学，他声音洪亮，不时打手势，讲得非常动听。振亚问旁边听讲的老头："老伯，这学生哥讲得很有道理，是哪一间中学的？"老伯笑着说："是广西省立第二中学的学生会主席钟云，他懂的东西多了！"

振亚感到奇怪，这个学生哥，年龄比自己大不了多少，但道理却讲出许多，心里决定要留下来问个究竟。等一会儿，钟云演讲完，围观的听众也散了，他拦着钟云说："学生大哥，我可以问你一些问题吗？"钟云笑着说："说吧！"

振亚问："你刚才说，工人只有工会、农民只有农会不成，工人要有纠察队，农民要有自卫队，为什么？工会、农会已经很强大了嘛！"

钟云笑着说："土豪劣绅有钱有枪，工会、农会没有，能赤手空拳吗？"

振亚点头："有道理！"他又问，"为什么你又说，好男儿要参加国民革命军？我爷爷说'好铁不打钉，好男不当兵'，当兵都不是好人！"

钟云还是笑着说："有点道理但又不全对，国民革命军是为了打倒军阀，是孙中山先生建立的军队。"

振亚认真地说："那我想当兵！"

钟云指着不远处说："那边是招兵处，你去看看。"

振亚大声地说："没活路了，当兵去！"

李振亚决定当兵，投入李明瑞的部队。李明瑞部队是黄绍竑讨贼军中俞作柏旅的团，经过连年激战，部队在驻梧州期间，公开招兵补充兵员。

这里要说一说李明瑞部队。

李明瑞1918年夏至1920年秋在滇军讲武堂韶州分校第一期炮科学习。1920年下半年，他从滇军讲武堂韶州分校毕业后，被派到广东江门镇守使署当教练。1920年冬调任原讨袁护国军第二军俞作柏连当排长。同年由广东率部随俞作柏回桂驻防玉林。1921年在贵县及玉林五属一带参加剿匪，维持地方治安，升任连长。1922年随俞作柏部移防容县、岑溪，升任营长。1923年随俞作柏部移防梧州，并与孙中山任命的广西讨贼军总指挥黄绍竑的部队合作，将旧桂系沈鸿英驻梧州之冯保初部一旅全部消灭。1924年配合讨贼军将广东侵梧之陈天泰部消灭。1925年1月配合友军讨伐沈鸿英，李明瑞在中路攻蒙山，击败沈军主力，各路友军也同时获胜。沈鸿英在桂不能立足，投靠北洋军阀吴佩孚。接着，李明瑞配合李宗仁的定桂军，讨伐旧桂系军阀陆荣廷部卢德洋旅，由梧州出发至藤县，将其全旅消灭，敌酋黄超武投降。

歼灭黄超武部之后，李明瑞部又联合友军进攻陆荣廷驻桂平江口之陆云高师，全部击溃之，使敌将王赞斌、蒙志、梁潞篙等投降，并缴获兵舰、枪械及其他军用品甚多。不久，李明瑞升为团长。

李明瑞团在驻梧州期间公开支持梧州的工人运动和农民运动，不接受有关当局要求军队禁止工人示威游行和学生街头演讲的命令。他对当局官员说："打倒军阀、打倒帝国主义有什么不好？他们把我们国家搞得四分五裂，就是要打倒他们！"当局官员不敢阻挠学生演讲，学生也支持李明瑞部队，号召百姓当兵打倒军阀。

李振亚来到招兵处，接待他的是一位张姓连长。张连长把他上下打量一遍，振亚心中有点烦躁，怎么又像裁缝老板一样看人？但他想说话又不敢说。连长叫他向前走两步，振亚走两步，连长点头说："还可以！"

连长问："怎么你一个人来报名，父母怎么不同来？"

振亚说："父母死了，只有一个爷爷。"

连长问："爷爷怎么不和你一起来报名？没有家长同意我们不能收。"

振亚着急地说："爷爷在乡下不能来，我愿意当兵！"

连长摇着手说："没有家长同意，我们不能收你当兵。你回去吧！"

振亚大声地说："老总，你不收我当兵，今晚我就没饭吃没地住了！你收下吧！"

连长大怒："你是想来部队找饭吃的？滚！不滚我就揍你！"

李振亚极为无奈，喃喃地说："演讲的学生哥说，你们部队是打倒军阀的，叫我来当兵，你们又不收！"显出极为委屈的样子。

这时候李明瑞走过来，张连长向他敬礼："报告团长，这个后生没有家长同来，硬要来当兵！"李明瑞走到李振亚面前，问："刚才听你说不收你当兵，你就没有饭吃，没有住的地方，怎么回事？"

李振亚诚恳地说："长官，不瞒你说，刚才我是跟裁缝铺老板大吵一场才跑出来的。乡下大旱，我爷爷快要饿死了，我要当兵拿银洋回去救爷爷。"说到这里，振亚的眼泪出来了。

李明瑞听完振亚的叙述，就问他："你有什么手艺?"

振亚说："我当过饭馆伙计，可以买菜炒菜，也见过师傅裁缝，可以在部队补衣服。我的家后是大山，我能飞跑!"

李明瑞笑着说："行了，到部队有你干的。"然后对连长说，"把他收下，给他一个光洋回去给爷爷做安家费。"

连长应声："是!"

1926年，李振亚就跟着李明瑞部队走向战场。

李明瑞是旅长俞作柏领导下的团长，俞作柏受命于孙中山先生领导的广州国民政府，由粤军军长李济深派往广西，支持当时反对广西军阀陆荣廷的黄绍竑的讨贼军和李宗仁的定桂军，与后二者进行联合作战。

李振亚进了张连长的新兵连，张连长见他人显得聪明，又读过两年书，就对他说："李振亚，你不用下班，就在连部当勤务兵。"振亚很坚决地说："不，当兵就是为打仗，不经过摸爬滚打，枪响就会没命。"张连长大怒："你这小子不识抬举，好，你就到一排一班当战士!"振亚愉快地应："是!"

李振亚在一排一班天天训练摸爬滚打，由于在农村自小苦惯累惯了，训练时满身大汗，双手、双膝经常磨出血，他都不叫苦。对教官所教的动作，他都反复练几遍，因而军事动作训练经常得到教官表扬。往往训练下来，班长就说："你这样练不要命了! 人家都希望别练那么多，有时间喘口气，你求什么呀!"有一次，班长拉他到一边说："你是不是想当班长? 我给你干!"振业笑着摇头说："真的枪响了，你就知道苦练的好处!"

李明瑞在梧州补充兵源和粮弹供给时，接到旅长俞作柏的命令，向南宁、武鸣一带进军，继续进攻陆荣廷部在那马、都安的蒙仁裕、陆福祥、刘日福、林俊廷等残部。蒙仁裕潜逃，陆福样受重伤，刘日福投降，林俊廷远走贵州，陆荣廷兵败人散，逃往上海。

在肃清陆荣廷残敌后，云南滇军唐继尧以六万大军分三路入桂，中路以龙云为总指挥，自滇东的广南经百色东犯，攻占南宁。在都安做战后休整的李明瑞部接到俞作柏紧急命令，全旅迅速集结昆仑关附近，要与李宗仁的定桂军联合作战，攻击进占南宁的滇军。在距南宁市东北方59公里的昆仑关，双方展开血战。

昆仑关之战，李宗仁担任前敌总指挥，联合进攻部队共6个纵队，七八千人。李宗仁调动钟祖培、俞作柏两个纵队担任正面进攻；陆超、刘权中两纵队则向右翼伸延，以包抄敌军左翼；伍廷飏、韦肇隆两纵队则留为总预备队。左翼进攻则由广州来的范石生滇军部队担任。

1925年春夏间，联合部队向昆仑关龙云部队进攻，李宗仁亲临前线指挥。俞作柏旅（纵队）担任正面主攻，李明瑞是主力团，昆仑关的山头岩壁耸峭，山高路险，易守难攻，进攻部队要爬山仰攻更为困难。李明瑞团第一天白天进攻，死伤百多人，无法攻上山头，遂连夜召集营连军官商量对策。这时李振亚是团部下面的供需官，也参加会议。

众军官认为没有重炮无法攻上山头，李振亚提出夜战之计。他认为滇军对昆仑关山头小路并不熟悉，而广西人熟悉，如果利用夜晚从小路进攻一座山头，白天守住这座山头，夜晚再攻另一座山头，这样牺牲较少。李明瑞认为李振亚讲得有道理，当即决定连夜进攻关口附近山头。由一营先行突击进攻，各营纵深跟进。李振亚参加一营突击进攻，官兵手臂扎白毛巾，个个步枪上刺刀，连夜摸上要进攻的山头，与敌军进行肉搏战，天亮前终于占领这座山头，进行固守，严重地威胁到关口守军。

李宗仁在前线指挥两个纵队正面进攻昆仑关，激战一个昼夜，死伤千余人，但还未见范石生部队从左翼向敌人发起进攻，知道范石生有诈，第二天当即命令韦、伍总预备队两个纵队向左翼进攻，与右翼陆、刘两纵队形成合围。

正面守敌的滇军前敌总指卢汉发现即将被合围，决定弃关而逃。滇军死伤2000余人，遗尸遍野。联合部队的6个纵队在攻下昆仑关后，连续追击龙云的滇军，把南宁重重包围。

战后，李明瑞问李振亚："振亚，这次攻昆仑关，你是从哪间军校学到这种战术的？"

振亚挺立回答："报告长官，我只读过两年私塾，这个想法我是从读《三国演义》想到的。"

李明瑞微笑地说："有意思，《三国演义》也有战法。看来将来你会是个好指挥官。"

李振亚应道："谢长官栽培！"

在围攻南宁的过程中，李宗仁和俞作柏旅发生尖锐矛盾。当6个纵队围攻南宁时，李宗仁突接柳州守军李石愚来电告急，称滇军唐继虞率领第一路军已由贵州侵入广西，有直捣柳州之势。李宗仁交范石生部与五纵接围城任务，其余五个纵队急驰柳州救援，在沙埔与唐继虞滇军进行激战。在激战中，范石生来电称龙云部队已从南宁突围并向左江前进，李宗仁急调俞作柏旅回师南宁追击。俞作柏纵队回师南宁，龙云滇军已经渡河向左江进发，俞作柏认为追已不及，决定在南宁停军两天筹款补充粮食和给养。此举被李宗仁指责为在南宁耽搁两天，延误战机。本来范石生部是追击龙云滇军往左江，但突然转向那龙、百色进入广南，事前他没有给俞作柏纵队打招呼，俞作柏部队按原计划向龙州追击，范石生孤军深入，被龙云滇军击溃退回南宁。李宗仁遂指责俞作柏部不配合范石生追击，擅自行动。

1925年11月，受广东国民政府之令，俞作柏旅配合粤军追击陈炯铭残部，李明瑞率部与广东粤军陈铭枢部联合讨伐广东南路军阀邓本殷，大破敌主将苏廷有，攻克广东高州、茂名、化县、合江等处。1926年初，由钦州班师回桂，驻南宁。

广西统一，归附孙中山先生领导的广州国民政府的李宗仁受命为广西军务督办、黄绍竑为会办后，两人将所部合编为9个旅：第一旅旅长白崇禧，第二旅旅长俞作柏，第三旅旅长夏威，第四旅旅长黄旭初，第五旅旅长伍廷扬，第六旅旅长刘日福，第七旅旅长胡宗铎，第八旅旅长钟祖培，第九旅旅长吕焕炎，这是新桂系军队的雏形。不久，俞作柏因与李宗仁矛盾较深而离开新桂系。

北伐战争开始，国民政府将广西北伐军整编为国民革命军第七军。军长李宗仁、党代表黄绍竑、参谋长王应榆、政治部主任麦焕章、副主任黄日葵率师四旅十二团参加战斗。李明瑞初任第一旅旅长（无师长编制），不久，改任第二旅旅长。1926年冬从南宁经柳州、桂林向湖南进军。第七军政治部副主任黄日葵随李明瑞旅部行进，抵湖南时，李明瑞找了黄日葵和供需官李振亚来商量。

国民革命军第七军前线指挥部

李明瑞问李振亚："部队进入湖南就要打仗，弹药、粮食准备得如何？"

李振亚说："弹药是随军行进，打仗时才补充没问题，但粮食天天要吃，出了广西再筹粮就困难。大粮商都被湘军控制了，不好办！"

李明瑞说："那就到农村去收粮！"

李振亚为难地说："到农村找谁去收粮？部队行动又急。"

李明瑞发火道："你总得想办法！"转身对黄日葵说，"桂平老乡，你想办法找个湖南农会头帮我们筹粮！"

黄日葵笑着说："李长官说七军绝对不许有共产党插手，农会头很难说不是共产党人，你不怕？"

李明瑞大声说："我不怕！我找农会头是筹粮，不是打仗。李长官不专门供粮，我只能够这样！"

黄日葵认真地说："我找！"

黄日葵从中共地下湖南省委挑选了姜武祖做李明瑞秘书。原来，黄日葵是个地下共产党员，曾负责广东青年运动工作，1925年任国共合作的国民党中央党部青年部秘书。1926年1月出席国民党"二大"，7月由国民政府任命为国民革命军第七军政治部副主任。李宗仁声称决不许有共产党员在第七军，却偏有共产党员在他身边。

姜武祖做了李明瑞的秘书，负责向农会联系筹粮。作为供需官的李振亚，经常与姜武祖在一起，姜武祖便经常和李振亚谈北伐军内部的情况。

这次出征是以粤军第四军和桂军第七军为主力，还有湘军第八军参战。粤军第四军的叶挺独立团中绝大多数是共产党员。北伐军出师湖南，叶挺独立团奉命作为北伐先遣队入湘。周恩来召开独立团连级以上党员干部会议时指出："你们是北伐先锋，历史的重任落在你们肩上，希望你们不辜负全党同志的厚望。"周恩来与每个同志握手告别，用"饮马长江，武汉见面"来鼓励大家。

农民支援第七军前线

在经历过汨罗江、汀泗桥和贺胜桥 3 次血战，李振亚亲眼看到叶挺独立团的共产党员是不怕牺牲、敢于冲锋的军人。

8 月间，第四军和第七军分头渡汨罗江，李明瑞率第二旅到达汨罗江下游，该处是北洋军阀吴佩孚阻截、抵抗北伐军的第一道防线，有重兵把守，渡江船只已被守军掠走。李明瑞率部到汨罗江附近溪口时已值深秋。李明瑞下令全旅涉水强渡，在各处口岸展开血战，强渡汨罗江，向汀泗桥挺进。当李明瑞旅挺进汀泗桥时，叶挺独立团已渡江抢占汀泗桥对面山头。

叶挺打仗崇尚勇猛、硬朗，但从不蛮干，总是因人、因地灵活变化。他见敌军正面预设了宽广的纵深阵地，易守难攻，便从小路渡过汨罗江，攻克平江后方，然后从侧后方向敌军天岳山制高点发起突然进攻，致使敌军全线崩溃，守军将领陆法饮弹自尽。苏联军事顾问在点评这次战役时说道："敌人全部防线的命运是叶挺独立团解决的！"

李明瑞在率部跟进叶挺部队追击时，对李振亚说："叶挺真是个足智多谋的将军！"

汀泗桥系北洋军阀"十省联军"抗拒北伐军的第二道防线，把守更加严密。在汀泗桥之战中，叶挺冷静地观察战场形势，避开正面硬攻，绕到汀泗桥东北的古塘角，出奇兵攻敌后背，令吴佩孚猝不及防。遭受腹背夹击的吴佩孚直系部队败如山倒，纷纷后退。吴佩孚带领大刀队连斩溃兵师、团长几十名，都压不住阵脚，最后被部队裹挟着后退至贺胜桥。

李明瑞部配合第四军叶挺独立团，经过多次冲锋肉搏，将该桥攻克，继而向贺胜桥追击。

汀泗桥之战结束，吴佩孚军余部退往贺胜桥地区。同时，吴佩孚亲率第八、第二十五师、第十三混成旅，会同由汀泗桥后退部队共 45000 余人，在贺胜桥地区构筑第三道防御阵地，准备实行逐次防守。第一道防御阵地在杨林塘至王本立一线，第二道在桃林铺至孟家山一线，第三道在贺胜桥至烟斗山余花坪一线。8 月 29 日，国民革命军第四、第七军分左右两路沿粤（广东）汉（汉口）铁路向贺胜桥开进。30 日凌晨 1 点，吴佩孚军派出的主力部队被第四、第七军合力击退；5点，第四军向杨林挡直军阵地发起总攻；7点，第七军向王本立自军阵地发起进攻；8点，吴佩孚军第一线阵地被完全突破。第四军叶挺独立团在突破吴佩孚军第一线阵地后，立即向第二线阵地发起猛攻，桃林铺吴军尚未来得及组直军主阵地发起进攻。9点，烟斗山被攻克。时第四军的第二十八、第二十九、第三十、第三十六团协同发起猛攻，吴军左翼各道防线均被突破。11点，第四军突破贺胜铁桥，攻占贺胜桥镇。同时，第七军攻克直军孟家山防线。吴军退往余花坪。

第七军追至余花坪后，使用8个团兵力组织10余次冲锋，均被击退。李明瑞的第二旅经过汀泗桥和贺胜桥的血战，连营干部损失很大。李明瑞对李振亚说："一团一连是先锋连，你去代任连长，一定要攻下余花坪！"李振亚带领一连连夜攻占余花坪。吴佩孚军退往武昌。

贺胜桥战役，国民革命军伤亡846人，俘直军3235人。

贺胜贺战役，独立团牺牲500多人。在进军武昌途中，谈到独立团牺牲人数最多时，李振亚问姜武祖："听说独立团牺牲的很多是共产党员？"

姜武祖沉重地点头说："是的！"

李振亚不解地问："他们这样不怕死，为了什么？"

姜武祖说："为了信仰！"

李振亚问："信仰是什么？"

姜武祖说："信仰共产主义，为解放劳苦大众敢于奋斗牺牲！"

李振亚不明白"共产主义"，但他听明白了"为解放劳苦大众敢于奋斗牺牲"。

他不再问了。他明白一个人不怕死总是有原因的，这个原因来自信仰。

三、投身红七军

攻下贺胜桥，北伐军进攻武昌，先由叶挺的独立团进攻，久战未克。第七军李明瑞旅到达后，立即投入战斗，轮番冲杀，吴佩孚率领的"常胜军"终被粉碎。8月初，李明瑞随第七军进入江西，支援北伐军进攻孙传芳军阀部队。由赣北进军经武宁县之等溪，该处有孙传芳"五省联军"的王牌师之一谢鸿勋部两万多人防守。第七军先头部队与之苦战一日未克，后经李明瑞率领旅预备队包抄敌后方，插向敌军谢鸿勋指挥部。谢措手不及，被北伐军前后夹攻，一举歼灭。敌谢鸿勋师长身负重伤死亡。8月26日，李明瑞所部由菩溪向德安进攻，此处为敌方孙传芳的劲旅卢香亭、段永泽把守，不但训练有素，且拥有山炮、野炮、列车炮等许多新式武器。经过多时顽强苦战，方将其击败。俘虏两三千人，缴获战利品无数。10月上旬，第七军占领德安后，敌聚大军于王家铺，企图三面合围德安。因敌军顽强反扑，第七

红七军军部旧址

军一、三旅退出德安。李明瑞的第二旅不怕牺牲减员，李明瑞连夜进行战前动员，进攻王家铺，李振亚跟随李明瑞进攻，俘敌千余，终将敌人击败。敌自德安失败后，又纠合两万人在德安附近的九仙岭，仗其兵力、地利的优势，对我发动反攻。李明瑞率部与第四军叶挺团奋力突破敌阵。敌纷纷退却，全线崩溃。李明瑞命所部追击退至吴城镇之敌，敌7000多人全部缴械投降。

自吴城镇之敌缴械后，第七军即于10月9日占领九江、南昌，开赴九江整训，并将旅改编为师。李明瑞任第一师师长。

在进攻汀泗桥、贺胜桥血战中，李明瑞旅营连军官伤亡很大，李明瑞要李振亚下连代理连长。李振亚没有辜负李明瑞的厚望，他带领一连成为攻坚的尖刀连，连连攻克敌人的据点。后来李明瑞把一连调回旅部当警卫连，李振亚也调回旅部当副官。

在九江，李明瑞召集参加北伐军滇军讲武堂韶州分校的校友聚会，欢迎讲武堂的战术教官李德湖（国民革命军司令部中将高级参谋）。来自国民革命军的 10 多个校友聚会，大家都经过浴血奋战，相见互相拥抱，举杯喝酒。

大家都高谈阔论。当谈到北伐成功后局势如何。国民革命军第二军五师十三团参谋长童陆生（共产党员）大声地说："当年孙中山先生辛亥革命打倒清王朝，结果出了一批军阀，分裂国家、祸害百姓，我们才拼死拼活地打军阀。现在北伐快要成功了，蒋总司令好像不要我们了，他爱那些大财团。老同学们，（他）不爱工农，不爱我们革命军，（希望大家）好好想一想！"第二军五师副官王根憎接着大声说："不爱我们那就再打一次仗！"

校友们见蒋介石嫡系军官都这样说，感到惊奇，又害怕出事，有人连忙说："他们喝多了，扶他们去休息！"这时李明瑞站出来说："老同学，有什么可怕的！他们说的是真话。我们流血牺牲就是为百姓，如果蒋总司令不按孙中山的三民主义办，我们当然要反对他。"李明瑞对已加入共产党的童陆生、王根憎等同学的发言极为欣赏，走上前来与他们握手，表示要结为好友。

李振亚作为李明瑞副官，参加了这次校友会。他清楚地看到，国共合作的北伐军，共产党员的军官对蒋介石打击工农运动心存不满。他扶半醉的李明瑞回到住处，李明瑞已酒醒，李振亚进言道："师长，今晚你说的话不怕传到李军长处？"李明瑞生气地说："我怕什么！我还想当共产党员哩！"

李振亚从李明瑞的情绪中感到，北伐军有分裂危险，他认定要跟李明瑞走。

第七军自入赣后，三战三捷，全部肃清江西之敌。群众赞誉第七军为"钢军"，李明瑞为第七军公认战功最著名的勇将。李宗仁称："李明瑞为我第七军的一员虎将，战功彪炳。"

1927 年 2 月下旬至 3 月，李明瑞率部在李宗仁指挥的江左军自鄂东的黄伤、广济、罗田向安徽的宿松、太湖、潜山一带进攻安庆。3 月下旬，正当战场上节节胜利时，李振亚突然发现经常随军征战的黄日葵副主任不见了。4 月 15 日夜，李明瑞突然叫李振亚通知姜武祖到自己卧室来。李振亚陪姜武祖来见李明瑞，李明瑞沉重地说："李军长电令我立刻逮捕你，你立刻走！"

李振亚送姜武祖上车，姜武祖把字条递给李振亚说："你们需要我时，请按这个地址联络。"李振亚郑重地把字条放在袋内。

李振亚回去见李明瑞时,不解地问:"姜秘书工作勤奋,作战勇敢,为什么要逮捕他?"

李明瑞痛苦地说:"白崇禧按照蒋介石的旨意,在上海已大规模抓捕、杀害共产党左派军官,工人纠察队被打散了!"

李振亚问:"我们怎么办?"

李明瑞郑重地说:"我们不是共产党员,今后要见机行事。"

李明瑞在李宗仁指挥下继续与敌军李昌、马济部激战,大败敌于梁园、因阳及陇海路。5月20日克明光、临淮和凤阳,22日克蚌埠。8月下旬,李明瑞率所部移驻芜湖、安庆。孙传芳率"五省联军"偷渡长江,拼全力反攻,发生了龙潭战役。李明瑞为保卫南京、收复栖霞山,身先士卒,带队猛冲,攻克栖霞山。继而投入龙潭大战,血战七昼夜,俘虏大批敌军,缴获无数武器,孙传芳部队终于全军覆灭。

1927年,李振亚感到是不寻常的一年。四一二反革命政变中,蒋介石在上海发动"清党",大规模杀害共产党人;七一五反革命政变中,汪精卫集团在武汉召开"分共"会议,公开反共,在武汉地区屠杀共产党员和革命群众;8月1日,共产党在南昌领导武装起义。国共合作的北伐军自此完全分裂。

有一次,李振亚问李明瑞:"国共部队开战,你站在哪一边?"李明瑞非常坚定地说:"当然站在共产党一边!"李振亚说:"我是穷苦人家出身,只有跟共产党!"李明瑞认真地对他说:"你不能公开这样说!"李振亚点头说:"明白!"

李宗仁的第七军在北伐中扩编为第十八军和第十九军,对唐生智的湘军一战,收编湘军的第八军和第十二军,组建成国民革命军第四集团军。在扩编中,夏威当第七军军长,胡钧当第十八军军长,胡宗铎当第十九军军长,而战果累累的李明瑞师长只当了第七军副军长。在李宗仁、白崇禧眼中,李明瑞是个有"左"倾倾向的人,不能重用。

1928年夏,李明瑞任第四集团军军事参观团团长,赴北平等地参观第

二、第三集团军装备训练。

当时在北平的"广西留平同乡会"上，李明瑞发表演说，猛烈抨击军阀、土豪、地主、资本家及帝国主义，认为："旧的军阀打倒了，新的军阀正在形成，革命并未成功！"号召广西同乡要团结，要把打倒新军阀进行到底。

李明瑞思想发生极大的变化，他感到要寻找共产党的力量。他以回乡探亲的名义向李宗仁请假，获准。他临行之前对李振亚说："我走以后，你要留在第一师师部，与第二师副师长杨腾辉加强联络。记住，不管发生什么事情，都不要轻举妄动！"李振亚郑重地应道："明白！"

李明瑞经香港回到北流县城，与俞作柏、俞作豫（二人为亲兄弟，与李为表兄弟）和中共广西特委书记朱锡昂等商谈，认为目前应利用蒋介石和桂系极端对立的形势，实行"先倒桂，后反蒋"的方针，以打倒新军阀，并约定联络的办法。李明瑞将妻子、女儿、儿子三人接去上海居住，以防桂系、蒋介石株连家属。

在消灭吴佩孚和孙传芳军阀部队以后，奉军张学良易帜并接受国民政府领导。新桂系李宗仁的第四集团军成为威胁蒋介石的最强力量。新桂系拥有第七军、第八军、第十二军、第十五军、第十七军、第十八军、第十九军、第三十五军、第三十六军，控制广西、广东、湖南、湖北、安徽、河南、北京、唐山一带地区。蒋介石在汤山会议中提出要缩编，要求第四集团军只保留第七军，李宗仁、白崇禧坚决不同意，蒋介石决心消灭新桂系。在蒋介石身边的白崇禧知道蒋介石的阴谋，私下到第八军李品仙安徽驻地联络，企图发动第八军兵变以进攻南京，未遂，只身逃往香港。

就在蒋介石调动大军准备进攻武汉的时候，李宗仁从上海返回广西，白崇禧正从塘沽逃往香港途中，致使武汉军中无主帅。这时，第四集团军在武汉的部队为夏威的第七军、胡钧的第十八军、胡宗铎的第十九军，三军决定成立指挥部，由夏威担任总指挥，迎战蒋介石进攻武汉的部队。

就在紧要关头，夏威突然患白喉入医院治疗，总指挥权交第七军副军长李明瑞。蒋介石派出代表郑介民和俞作柏深夜潜入武汉会见李明瑞，出示蒋介石手谕，任命俞作柏为广西省长、李明瑞为军事督办。敦促李明瑞发动兵变。

在新桂军对抗蒋介石的大军中，第七军摆在前沿第一线。1929 年 4 月 1 日，李明瑞偕同军参谋长黎行恕到第七军各师视察，听取各师师长的防务汇报。4 月 2 日下午 5 点，他们到达祁家湾第三师师部驻地，并在第三师师部用晚餐。餐后，二人即离开师部，黎行恕回军部，李明瑞回他兼任的第一师师部。4 月 3 日黎明，李明瑞偕副官李振亚拉走第七军第一师程树芬、秦开明、王赞斌三个团，第二师（李朝芳师）副师长杨腾辉、梁重熙、庞汉祯两个团，第三师团长黄权等。李明瑞拉走了第七军三分之二的兵力。武汉外围前线至此全部崩溃。

夏威闻讯赶往军部，第七军的主力已经丧失。决定放弃武汉，率部向荆州沙市宜昌一带退却。蒋介石的刘峙等部进占武汉继续追击。夏威、胡宗铎、胡钧见大势已去，于 4 月 21 日联合通电下野，所属部队被刘峙部队包围缴械。夏威潜至香港定居。

此后，李明瑞被蒋介石国民政府任命为广西督办公署司令兼整编第十五师师长，率十五师、五十七师等部队回桂消灭新桂系残部。新桂系吕焕炎等部投降，接受改编，广西战事平定。俞作柏回广西任省主席，黄绍竑潜逃香港。

李明瑞部队进入梧州，释放了在广西"清党"时被捕的陈漫远等全部共产党员、共青团员、进步人士，在南宁又释放了罗少彦、何健南、谢鹤筹、陈可福、陈可禄、陈赐秉、孙醒依等一批共产党员、共青团员、进步人士，并对先前刑满释放的共青团员如莫文骅、吴西等进步分子加以任用。

李明瑞向广西地下省委提出，希望共产党派干部帮助建设广西。中共中央应俞、李的请求，先后派陈豪人、张云逸、龚鹤村、邓斌（即邓小平）、叶季壮等 40 多个得力干将到广西工作。

这时候李明瑞想到姜武祖，他对李振亚说："你赶快联络姜武祖，让他介绍一批军事干部和农运干部！"李振亚按照姜武祖之前留下的字条，很快联络到姜武祖。姜武祖应李明瑞托付，介绍宏任远、余惠等 8 个湖南籍共产党员及进步分子来见李明瑞，这些人并都被安排了工作。

由于共产党干部进入广西军政部门，广西政局稳定，经济明显恢复。

俞作柏和李明瑞非常重视军队建设。邓小平等便趁机向俞、李建议，开办以培养部队初级军官为目标的广西教导总队，并活动由徐开先和张云逸分别担任总队长和副总队长。该总队设3个营9个连，共有学员约1000人。党组织选送100多名优秀青年，安插到教导总队当干部或学员。9个连的干部都是共产党员。排长也是挑选学员中思想进步的人来担任。各连队都建立了党的秘密组织。仅两个月时间，就发展了300多名党员。

该教导总队，名义上是训练军官，实际上是中共为改造旧军队、建立革命武装而培养干部服务。由于加强对学员的政治宣传教育，向他们灌输革命思想，学员的思想政治觉悟迅速提高，结业后被分配到各部队去，成为改造旧军队的骨干力量。通过党的内部活动，张云逸、俞作豫分别担任驻南宁的广西省政府警备第四、第五大队的大队长。这两个大队是李明瑞回广西后收编的一些土匪、民团和散兵游勇组成的，成分复杂，纪律性差，没有战斗力。张云逸、俞作豫等便按照党组织的部署，以合法的身份对这两支部队进行改造工作。首先在士兵中进行革命民主教育，提高他们的政治觉悟。在此基础上，发动士兵起来揭发反动军官克扣军饷和打骂、虐待士兵的罪行，果断撤换了一批反动军官，另派中共党员干部去顶替。同时，吸收一批工人、农民、进步学生参加部队，增加部队中的工农比重，使这两支部队面貌一新，其领导权基本掌握在中共手里。

有一天，李明瑞郑重地对李振亚说："将来你会是一个很好的军事指挥员，但必须学习军事理论！"他希望李振亚到新成立的教导总队学习。李振亚接受李明瑞的意见，来到教导总队学习。不久，他当了教导总队副总队长张云逸的副官。

在教导总队，李振亚经过一段时间的学习和工作，军事理论水平有了很大的提高。张云逸通过教导总队，将经过训练的近千名学员补充到警备第四、第五大队，成为营连骨干。他身兼南宁警备区司令，把李振亚送到第四警备大队任副官，协助处理军队日常事务。李振亚把日常军事训练和供给作为重点，不断向张云逸汇报后处理问题。张云逸对他的工作表示满意。

就在广西革命形势好转的情况下，俞作柏和李明瑞对全国形势做出错误判断，认为只要和广东粤军再一次联合，就可以再次北伐打倒蒋介石。尽管中共中央代表邓小平和张云逸、俞作豫认为时机还未成熟，不应草率进攻，但俞作柏还是秘密派出代表与广州联络。9月，广东汪精卫派薛岳到南宁，游说俞、李与张发奎联合反蒋，并答应支援军费80万银圆，后派人到南宁却发现俞、李任用很多共产党员，遂反目而去，分文不给。

1929年9月28日、30日，蒋介石两次致电李明瑞进行拉拢、威胁，李明瑞置之不理。这时俞、李已如箭在弦上。10月1日，俞、李在南宁召开讨蒋誓师大会，宣布成立南路讨蒋总司令部，俞作柏任总司令，李明瑞任副总司令。发布讨蒋通电并提出："反独裁，实现民主，释放政治犯，贯彻'三大政策'。"会后李明瑞到桂平前线视察，他没有带多少部队，到贵县才知黄权、吕焕炎、杨腾辉等均被蒋介石收买而叛变。李明瑞从武汉带回来的主力师长杨腾辉正指挥一个营向贵县追来。

张云逸命令李振亚随第四大队一个中队连夜赶往贵县，截击杨腾辉追来的一个营，安全掩护李明瑞返回南宁。

李明瑞见到李振亚后激动地说："想不到北伐共同浴血战斗的杨腾辉会叛变！"

李振亚动情地说："没有信仰的军人会变节，没有信仰的部队会倒戈！这是姜武祖秘书说的。"

李明瑞沉重地点头说："是的，我们应该有信仰！"

俞作柏和李明瑞失掉主力后并不甘心，仍然坚持与蒋介石斗争。10月上旬，俞、李在南宁召开军政会议，重新部署做长期斗争。将所有未叛变的部队及总部直属各营、省辖警备第三、第四、第五大队和教导总队统归南宁警备司令部指挥调遣，派张云逸兼任司令一职。枪支弹药、军用物资悉数运往百色、龙州等地。以上部队开往百色、龙州集结整理，由李明瑞任总指挥。

这时，杨腾辉、吕焕炎叛乱部队协同蒋介石下令进攻的余汉谋、蔡廷锴、香翰屏这3个师进逼南宁，南宁城内形势非常紧张。

在此风云突变之时，邓小平和陈豪人当机立断，召开有张云逸参加的紧急会议，决定把我党掌握的武装拉到左右江地区，与韦拔群、黄治峰等领导的农民运动结合起来，开展武装斗争。

1929年10月22日，邓小平、陈豪人、张云逸率领警备第四大队和教导总队携带南宁军械库的枪炮弹药等军用物资到百色筹划武装起义，同时将起义计划上报党中央。

随着部队进入百色，右江群众革命运动日益高涨，平时作威作福、鱼肉人民的豪绅地主开始坐卧不安了。他们把警备第四大队视为眼中钉、肉中刺，一方面明来暗往地纠集反动民团，占驻据点，妄图负隅顽抗；另一方面，与尾随第四大队进驻右江地区的反动武装——第三大队互相勾结，妄图消灭第四大队，镇压右江革命。

原来，警备第三大队主要由广西、云南边界的土匪收编而成，表面上与第四大队称兄道弟，而实际上貌合神离。该大队队长熊镐极其反动，性好投机。俞作柏、李明瑞反蒋失败后，他立即听命于卷土重来的新桂系军阀，受其主子的密令，紧紧地跟踪第四大队。

来者不善。邓小平、张云逸等看穿了熊镐的险恶意图，决定铲除这只"狗熊"。

恰在这时，农军截获一份黄绍竑拍给熊镐的密电，指令熊镐要"先发制人"，对第四大队进行突然袭击。

在这紧急时刻，邓小平、张云逸等制订了将计就计歼灭第三大队的计划。

动手前，仍按"友军"惯例，照常与第三大队来往。为了麻痹敌人，及时了解对方动向，张云逸对李振亚说："第三大队长期尾随我部，必须把他们驻地布防弄清楚。"

李振亚认真地说："明白！"

李振亚以管后勤的副官身份，往来于第三大队营连之间的驻地，弄清了他们火力的部署制成驻防图呈给张云逸。张云逸看后高兴地说："好!"后又认真地说，"你准备酒肉，我要大摆'鸿门宴'!"

李振亚明白意图，认真地说："我一定办好!"

10月28日，张云逸设下"鸿门宴"，以商谈防务之名宴请第三大队营以上军官。席间，擒获了熊镐，后枪毙了他。

同一天，按照原定计划，第四大队一营和恩隆、思林、奉议等县农民自卫军共千余人分别解除驻平马、那坡的第三大队武装，俘敌千余人、缴枪千余支，为百色起义扫除了障碍。

歼灭第三大队以后，张云逸不但要准备起义，还要筹备建立地方政权，工作非常繁忙，他决定成立副官处。该处有李荣（李振亚）、罗少彦、莫文骅、李治、杨英等人，处长是刘健，任务是处理日常事务，接待来往客人，协助改造军队和筹备起义的工作。

11月上旬，党中央批准了左右江地区举行武装起义，创建红军和革命根据地的计划，批准建立前委，统一党和军队的领导。前委委员7人，邓小平、陈豪人、张云逸3人为常委，邓小平任前委书记。中央还规定，如果邓小平离开百色到中央汇报工作，前委书记由陈豪人担任。按照党中央的指示，邓小平立即召开前委会议，传达、贯彻中央指示精神，然后到上海向中央汇报。

1929年12月11日，正值广州起义两周年纪念日，一面锤头、镰刀红旗在百色城冉冉升起。这一天，秀丽的百色山城红旗漫卷，锣鼓喧天，鞭炮齐鸣，万众欢腾。大街小巷贴满革命标语，家家户户悬挂鲜艳的红旗或五色纸旗。数千各族工人、农民、红军战士及市民集会在东门广场，庆祝百色起义胜利和中国工农红军第七军的正式诞生。会议由龚鹤村主持，陈豪人代表前委发表重要讲话。宣布张云逸担任军长，陈豪人担任政治部主任，李谦、胡斌、韦拔群分别担任红七军第一、二、三纵队队长。军部设在百色粤东会馆，前委和政治部设在清风楼。同时，成立了右江苏维埃政府和百色县临时苏维埃政府。

百色起义胜利后，张云逸把李振亚叫到办公室，微笑着对他说："李荣，现在有个更重要的任务去完成!"

李振亚承诺:"保证完成任务!"

张云逸还是微笑着说:"别忙,听了任务再说。"

李振亚问:"什么任务?"

张云逸说:"调你到经理处承担新的任务!"

李振亚不大愿意地说:"叫我去做买卖?我不会!"

张云逸郑重地说:"是做买卖,又不是做买卖,全军的身家性命都在你们身上,你找到叶季壮处长就知道了。"

李振亚找到叶季壮,送上介绍信。叶季壮看介绍信后高兴地说:"你这个当年李长官的筹粮官到这里来,我放心了。"

李振亚问:"经理处是做什么的?"

叶季壮指着台上一堆堆银圆和金条说:"我们每个人都是富翁,但又是穷人,这些东西一分钱都不是我们的。它们都是我们的命,没有它,我们没有命,全军也完了!我们就是干这个工作的。"

经理处还有李治、云广英、陈可夫等 10 多人,都是经过战斗考验的同志。处长叶季壮是广东新兴县人,1927 年 12 月参加广州起义,失败后到香港,1929 年 7 月奉命与张云逸到广西做兵运工作,在北伐中长期做工人运动工作。

李振亚平日在与叶季壮的谈话中,思想得到极大的提高。他明白中国共产党斗争的任务,知道为什么要加入中国共产党。他感到叶季壮的谈话比姜武祖的谈话更让自己清楚明白。他开始对共产党怀有崇敬的心情。

经理处的日常生活很平淡。他们 10 多个人日夜守着几个铁箱子,叶处长批下字条,专人从铁箱取出银圆或金条,专人验收发放,要领取人办理填表签字手续。对这个任务李振亚不感到平淡,因为它比生命还重要。他警惕性特别高,不值班时,他就在军部(广东会馆)这座房子周围巡看,注意制高点和容易被敌人进攻的地方。睡觉时,他总把驳壳枪放在身边。有人笑他说:"你太神经质了吧?红七军刚成立,谁敢乱动!"李振亚认真地说:"我们到这里人地生疏,不能不防!"

为了巩固新生的红色政权,红七军主力在田州、那坡、果德一带肃清反动武装,留守百色的红军部队只有教导队、机关枪连、警卫连,连同司令部、政治部总共不足500人。邓小平同志已去龙州,张云逸同志带警卫连大部分战士去了平马。

突发的敌情出现了。

12月下旬的一天拂晓,城后山头忽然响起枪声,越响越密,越响越近。

这是一股隐藏在百色西部地区的西林县和西隆县的反动地主和土匪武装,匪首叫韦武。他纠合2000多名匪徒,趁红七军主力不在百色,分三路突袭百色。这些亡命之徒多是本地人,仗着对道路熟悉、人多势众,从西关方向蜂拥而来。不到半个小时,便占领了商业区大街,劈门闯入商店,大肆抢劫财物,并冲进了原禁烟局争抢鸦片烟和现洋。城内大部分街巷也出现土匪,他们正向红七军的司令部和政治部的所在街道袭来,情况危急。

枪声就是命令。李振亚从床上一跃而起,拿起驳壳枪冲出房内守着军部的楼梯口,以掩护军部人员紧急分配战斗。

当时只有参谋长龚鹤村和叶季壮、袁任远、许卓留守军部。龚参谋长决定,由他带警卫连一排负责打东路;组织科长罗少彦带一部分人负责打北路;第二纵队政治部主任袁任远带十几个干部和警卫连二排直奔西门;教导队队长许卓率领教导队,第二纵队营长冯达飞和指导员杨英指挥机关枪连,特务营营长符禄带领特务营部分战士,在城内与敌人展开激战。

莫文骅和黄奇彦及其他五六位同志坚守南门。南城门外有一条小河潺潺流过城墙脚下,离城门约20米远的地方架着一座石桥,这是进出城的必经之路。他们几个人手持马枪,在岗楼上密切注视着城外的动静。看见敌人靠近石桥,就开枪射击,目的是把敌人赶跑。

叶季壮带领经理处的同志坚守军部。叶季壮对经理处10多位同志说:"人在军部在,军部在,红七军财物在,守不住财物我们全部光荣!"他下令立即采取紧急措施,将贵重的金条和银圆分别由各人携带保管,有的背在肩膀上,有的分散埋藏在房间的各个角落。

他们在军部门外，用砖头、木板或木箱装上沙土，筑起临时的防御工事，荷枪实弹，警惕地守卫着。李振亚在门内一线与云广英等用驳壳枪反击，将企图进攻军司令部的土匪击溃。李振亚的枪法很准，对准冲上石阶的土匪，一枪就打倒一个，几个人冲来就掷出手榴弹，一次爆炸土匪就死伤几个人，土匪们不知道军部内虚实，只有大声呼喊军部内的人出来投降。军部内的人沉着应战，不管土匪如何呼喊，只要土匪一露头，李振亚就一枪把土匪打倒。10多个同志利用居高临下的掩体，把土匪的进攻镇住了。

土匪虽然人多，但他们突入市区后到处抢劫财物，队伍散乱。在龚参谋长、袁任远、许卓率领的机关干部、战士和工人赤卫队的猛烈反击下，土匪节节败退。听到城内土匪的枪声渐渐散落，叶季壮命令机关通讯员："吹冲锋号！"

一声一声的冲锋号吹响，吓惊了进攻军部的土匪。

李振亚大喝一声："同志们，手榴弹！"

10多枚手榴弹同时向门外的土匪群掷去，激烈的爆炸发出巨大火光。土匪连收拾尸体也来不及，纷纷撤出城外往山里逃窜。

经过3个多小时的激烈战斗，红七军留守部队不到500人，击退了2000多人的土匪部队，毙敌40多人，伤敌30多人，缴枪10多支。我方亦伤亡30多人。

经过战火考验，李振亚表现出对党的无限忠诚，他向支部书记叶季壮提出申请，很快就被批准入党，在红旗下进行宣誓。

他对党宣誓：不管任何情况，永远对党忠诚，永远坚持共产主义信念。

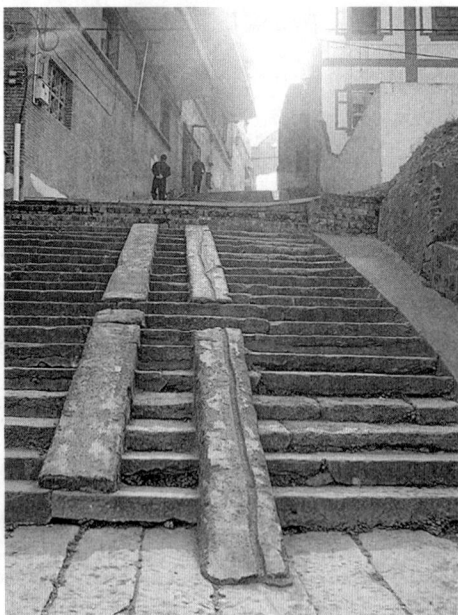

李振亚利用此处台阶的优势保卫军部

红七军成立后，除留下少数部队在百色外，其主力于 1 月下旬开始向下游的平马等地转移，意在扫清百色周围的反动地主武装，巩固苏维埃根据地。红七军前委决定准备围攻南宁。

新桂系军事集团分析了红七军动态后，认为必须消灭新建的红七军主力。

1930 年 1 月底，李宗仁在南宁急忙召开军事会议，决定改变战略，从前线调回兵力，拟先消除后方红军隐患，然后以南宁和左右江地区为后方，再攻打钦、廉粤军。他命师长李画新（又名李琪）为总指挥，率杨俊昌团、罩兴团、蒙志仁团以及岑建英的特务营共 32 个连 3000 多兵力，从贵县经宾阳、武鸣，直扑右江。

李宗仁部队首先进攻离南宁较近的隆安县，当时隆安的红七军驻军不到一个营，很快被新桂系部队攻下。红七军为了保卫隆安，以转移的主力部队回攻隆安，这样，红七军主力和新桂系部队在隆安呈拉锯式血战，最后红七军一纵队队长李谦中弹负伤，政治部主任等一批军队骨干牺牲，红七军撤出战斗。

隆安一仗，是红七军诞生后与新桂系部队的第一次战斗。我军以不足两个团的兵力，抗击了3个团及1个特务营的敌人，坚持3个昼夜，毙伤敌500多人，显示了红军英勇顽强的战斗精神。

隆安战斗再次证明：红军要站住脚跟，必须深入发动和武装广大群众，深入开展土地革命，打倒土豪劣绅，把工作中心放在农村，巩固扩大红军和革命根据地，而不能偏重于攻城夺地。在红军初创时期，实力尚不强大，不能去进攻敌人统治力量较强的中心城市，红七军前委做出进攻南宁的决策是冒险的、错误的。红七军从隆安撤退后，向平马山区挺进。敌人拼命狂追，紧紧跟踪追击从隆安撤退的红七军，企图再与红七军主力决战。敌人一直追至恩隆县境，并趁机占领了右江苏维埃政府所在地——平马镇。

在保卫隆安战斗中，李振亚一直随军部行动，他的任务是组织附近根据地的乡镇农会运送弹药和后撤伤员的担架队。他带一个排战士分散警卫运送弹药和后撤伤员的担架队，听到炮声响他就大声呼叫："注意隐蔽！"为了及时抢救伤员减少战士伤亡，他不断地在子弹呼啸和炮弹爆炸声中往来奔跑。

隆安与敌军激战，第一纵队政治部主任沈静斋和军部特务营营长符禄等同志牺牲，许多同志负伤。叶季壮对李振亚说："必须有棺木埋葬牺牲的烈士！"部队撤离到一处小镇，无法供应棺木，由于敌情紧急，只能自己制作棺木。李振亚忍着悲痛，带着战士逐家逐户收购杉木板，连夜与战士们制作出几十副棺木，清晨前把烈士遗体入殓。符禄同志的遗体则安放在一具较大的棺木里，这具棺木是一位老人因被李振亚的行动感动而献出来的，李振亚坚持给了他家5个银圆。烈士埋葬在平马镇东面的马鞍山上。军长张云逸参与培土后，站在墓前默哀流泪，迟迟不愿离去。

红七军在隆安激战后撤出，曾转而进攻平马镇，被敌发觉、围攻，红七军在入夜前撤出战斗，顺利通过山口到达凤山县的盘阳区赐福乡，而敌人亦不敢追击。赐福，地处东兰、凤山交界处，是著名的西山山脉的余脉。这里山多、石多、土地少。举目四望，方圆几百里峰峦重叠，山深林密，道路崎岖，地势险要，易守难攻。同时，这个地方是革命老区根据地，群众基础较好，农民武装和乡政权已建立起来，故军部决定在这里休整。

3月上旬，红七军在赐福休整期间，前委在盘阳开会，会议由陈豪人主持。

会议总结了红七军成立两个多月来的经验教训，分析敌我形势，讨论开展游击战的指导思想和今后的行动方案。会议认为：根据右江地区形势的变化，目前尚不是收复右江沿岸县城的时机，不能与敌人硬拼，应摆脱敌主力，把我军主力拉到外线游击，如此既可扩大红军的政治影响，解决给养和弹药的补充问题，又可分散和减轻新桂系军阀对右江根据地的军事压力，待与红八军会合之后，则向湘粤边界发展。3月底，军部率第一、二纵队3000余人从盘阳出发，踏上游击桂黔边的征程。第三纵队留在东兰、凤山一带，坚持根据地斗争，保卫后方，并设法与红八军取得联系。后方工作由中共右江特委书记、右江苏维埃政府主席雷经天负责。

1930年3月下旬，红七军军部率领一、二纵队转移到桂黔边一带活动。李振亚亦随军部行动，负责部队的后勤工作。4月上旬，红七军第一、二纵队3000多人进入贵州荔波后，了解到榕江县城是贵州军阀王家烈在湘黔作战部队的后方基地，存有大量军需物资，而且只有600多黔军和100多名民团留守。于是决定秘密通过大苗山（又称月亮山），奇袭榕江城。在苗族向导和群众的帮助下，经过6天的行军，红七军走过人迹罕至的大苗山，于4月29日来到榕江城下。

战前，张云逸军长把叶季壮和李振亚找来，郑重地说："这次打榕江，你们必须准备100把5米高的云梯，一定要牢固！"叶季壮对李振亚说："你准备吧！"李振亚坚定地说："是，保证完成任务！"

李振亚带领战士钻进竹林深处，用手工将一把一把云梯制出来。他将每把云梯都亲自竖起自己试爬。同时，他又制作了500条可以飞钩爬城墙的绳钩。战士们一边劳动一边笑着对他说："李副官，你是要把我们变成飞兵飞将杀过城墙!"李振亚也笑着大声说:"对,就是要把红七军战士变成飞兵飞将!"有战士拿着绳钩问他:"李副官你怎么想到这个东西?"李振亚神秘地说:"《三国演义》这本书教的。"战士摇头说:"我不识字,这本书这么厉害?"李振亚也笑着说:"是厉害,它还会教你打仗。"

红七军决定兵分两路攻打西门、南门。30日,红军先攻南门,黔军凭借城墙固守,红七军连攻3小时仍未攻下来。这时后续部队赶到,负责攻城的第一纵队纵队长李谦提出了"声东击西"的新攻城方案。张云逸军长批准这一方案,并发出"攻下榕江城,纪念五一节"的战斗口号。于是,红军以猛烈火力进攻西门,守军果然把南门的兵力调往西门。这时,红军以迫击炮猛攻南门,攻城部队则在机枪猛烈火力的掩护下,扛着云梯向南城墙扑去。由于敌军火力猛、城墙高,第一次攻城没有成功。红军经短暂休息,再次组织攻击。在李谦率领下,红军一鼓作气冒着敌人密集的火力,高喊"攻下古州过五一",扛着云梯向城头冲去。面对城墙拥来用云梯和绳钩爬城墙的红七军战士,守敌被吓坏了,他们一看守不住,便狼狈逃窜。西门守军听到南门杀声震天,也惊慌失措地向北门逃跑。红军从南门、西门进入榕江城。下午6点,红七军攻占榕江全城。

榕江城刚攻下,叶季壮严肃地对李振亚说:"立刻带领警卫连把反动官僚和地主的金条和银圆按手续收缴到经理处!粮食和布匹由纵队分配到连队。一部分粮食和衣物分给贫苦群众。"李振亚接受任务迅速行动,他带领战士与各纵队领导快速联络,将红军缴获的步枪600多支、子弹10多万发、山炮一门、无线电台一部、驮马500多匹、2万多块大洋和大量军需物资迅速登记入库和分配。

第二天是5月1日,红七军举行军民庆祝五一劳动节群众大会。会上张云逸和李明瑞分别讲话,号召贫苦群众起来参军参战,打倒蒋介石和李、白反动集团。会后,李振亚带领贫苦群众到粮仓开仓放粮,同时发放衣物、浮财。李振亚还向群众宣传党的主张和政策。群众拉着李振亚、云广英等红军战士的手,连声高呼:"红军真正是干人(壮话:穷人)的队伍!"

李振亚深感群众是胜利之本的道理，他对云广英说："依靠群众，红军是永远打不烂的！"

经过 3 天休整，5 月 4 日，红七军用船载着辎重和伤病员，大部队则沿着柳江南北两路，回师广西，来到河池休整，恢复和壮大了右江革命根据地。

1930 年 11 月初，转战桂黔的一、二纵队和红七军军部与三、四纵队会师，接着红八军一纵队也到河池集结。红七军的 4 个纵队和红八军一纵队共 7000 多人。革命形势很好，但经理处承受巨大的压力，就是如何保证这 7000 多人的供给？叶季壮整天闷闷不乐，在驻地抽着烟走来走去。李振亚轻步走到他身旁，试图劝慰几句，却被叶季壮抢先说："你不要劝我，你怎么解决 7000 人的供给！"李振亚被他镇住了。叶季壮却说："我想好了，回去开会研究！"

经理处 10 多个人开会研究，叶季壮摆出当前面临的财政困难：红七军 7000 多人，衣食住用等项是最大的开支，每月开支总额在 30 万银圆以上，如果再购买弹药，钱从哪里来？

李振亚明白叶处长发愁的原因，他陷入沉思。

云广英说，只有加大税收和没收地主、富农的财产。

李振亚摇手说："不行，加大税收，如果比李、白桂系的税收还重，那是逼老百姓反对红军。现在许多地、富也分不清，如果扩大没收范围，也是逼他们投向李、白集团。政策上不可行。就算现在可行，打仗到处转移，也没法做到。"

云广英说："那怎么办？"

李振亚说："从内部想方法，先不发薪饷，共产党员、共青团员带头。"

叶季壮高兴地说："对，我正是这么想的！光这一项就少花 30 万银圆，今后只发给伙食、衣物和零用钱！"

李振亚击掌说："我赞成！经理处先行不领薪饷。"

叶季壮对李振亚说："立刻向前委写报告，你来写！"

李振亚应道："是！"

前委很快就讨论批准经理处的报告。叶季壮为红七军创立了供给制。

从 1929 年 12 月到 1930 年 9 月，中共中央多次指示广东省委转红七军，要求各主力红军离开根据地去攻打武汉、南昌、长沙、柳州等城市，试图在短期内实现"会师武汉，饮马长江"的目的。当时红七军前委一方面强调纯洁地方党政干部，重组和发展各级赤卫军武装，深入土地革命，抓紧秋收，储备粮食，做好长期斗争的准备；另一方面前委和军部已令 4 个纵队加紧做好准备，拟定 10 月 1 日分别从平马、田州和东兰北上河池集结。

9 月 30 日，中共中央南方局代表邓拔奇（邓岗）偕黄晖、吴西从香港到达平马镇，传达了中央关于红七军迅速向柳州、桂林发展，要求沿途创造地方暴动，夺取桂、柳，出小北江，进攻广州的命令。前敌委员会进行激烈辩论，尽管邓小平和张云逸根据敌我力量悬殊，对进攻三大城市能否胜利表示怀疑，但邓拔奇、陈豪人等多数前委委员表示坚决执行中央命令。会议决定进攻柳州、桂林。

为了执行中共中央进攻柳州的指示，红七军在河池进行整编。

红七军在河池凤仪小学召开了党的第一次代表大会，传达了中央政治局 6 月 11 日决议精神和中央给红七军的指令。提出了"打到柳州去""打到桂林去""打到广州去""争取一省或几省的首先胜利"等口号。

大会充满了"左"倾冒进气氛。会议决定，取消纵队，整编部队。把红七军 4 个纵队和红八军第一纵队整编为 3 个师。以红七军第一、三纵队（一部分）合编为第十九师；以红七军二、三纵队（一部分）和红八军第一纵队合编为第二十师。第二十一师保留番号，由韦拔群等同志率一连人回右江地区重新组建部队，坚持右江革命根据地的斗争。第十九、二十师则北上执行中央命令。

整编后的红七军编制序列及领导人如下。

总指挥：李明瑞。军长：张云逸。政委：邓斌。政治部主任：陈豪人。

参谋长：龚鹤村。经理处长：叶季壮。

第十九师辖第五十五团和五十六团。师长：龚鹤村（兼）。政委：邓斌（兼政治部主任）。其中，第五十五团团长：何莽，政委：黄一平；第五十六团团长：章健，政委：魏伯刚。

第二十师辖第五十八团和五十九团。师长：李谦。政委：陈豪人（兼）。副师长：黄治峰。政治部主任：李朴。其中，第五十八团团长：冯达飞，政委：杨英；第五十九团团长：袁也烈，政委：李朴（兼）。

第二十一师。师长：韦拔群。政委：陈洪涛。副师长：黄明春（黄松坚）。政治部主任：陆浩仁。参谋长：黄晖。第二十一师下辖团（待组建）军直属队炮兵营。营长：邓荣光，特务营营长：冯玉雪，教导大队大队长：阎伯英，教导大队政委：袁任远。

会议改选了红七军前委，邓小平仍为前委书记。

1930年11月10日，邓拔奇、张云逸、邓小平、李明瑞等率红七军军部和第十九师、二十师告别河池人民，挥师东进宜山，准备进打庆远、柳州，从此踏上转战北上的艰难征途。

李振亚与经理处战友跟随军部出征。

11月10日红七军前锋在河池东江圩击溃桂军石化龙团一部，迅速向宜山挺进。11日红七军第十九师将地方民团击溃，经宜山县德胜镇时，筹款数万大洋。敌人以重兵隔河阻击。13日，前委和军部对是否进攻宜山县城庆远镇发生分歧，邓拔奇、陈豪人主张必须执行中央指示，必须攻击庆远，夺取柳州；邓小平、张云逸认为硬拼渡河，部队必然会有重大伤亡且被敌拖住。经过激烈争论，最后通过决定命令第十九师放弃攻击庆远，以驻德胜的第二十师为前锋，改道天河出融县，绕道融县城，涉江直插长安镇。

18日，第二十师进至罗城附近的四把村时，与从庆远来截的新桂军覃连芳部相遇，双方立即为争夺四把村背制高点——佛子坳发生激烈战斗。这是红七军北征中与敌正规军打的第一仗。双方激战数小时，敌杨腾辉师赶到，攻击红七军后卫第十九师。从上午11点血战到下午4点。5点，红七军军部分析，敌还有增援部队，决定撤出战斗，突然离开天河，北走黄金、龙岸等地进至三防。这次遭遇战红七军虽重创敌军，但也伤亡300余人。

11月25日，红七军进驻三防休整。前委、军部讨论下一步行动。讨论中，邓小平认为这次失利是因为离开根据地"耳目不灵，敌情不明"，建议"不取长安，绕道福禄过大江，过江后再战"。陈豪人等人主张进攻长安，认为不攻长安就是不执行中央指令，是"避敌，缺乏进攻精神"。多数人决定进打长安。

12月5日，红七军开始猛烈攻打长安。

长安，物资丰富，商贾云集，是桂北的一个重镇，也是广西通往贵州湘西的孔道。驻防长安的是新桂系韩彩凤独立师和覃连芳教导师各一团，镇东面架起简易浮桥，以便东西两岸相互策应。红七军前委部署第十九师从西山从南面向镇中心进攻，第二十师从三坡顶在北面钳制敌人。从5日下午开始打响，入夜突入镇内，与敌军逐街逐巷争夺，双方冲击与反冲击，激战至第三天，总部决心拿下长安，把预备队也投入，西线突入兴仁街，南线进近浮桥头。镇内敌军炸桥呼救援。杨腾辉一个团赶到长安，进攻南线红军。

未能速战速决，军部认为部队伤亡和弹药消耗越来越大，决定撤出战斗，星夜向大苗山转移。从贵州又转入湖南湘西，这时湘西已天寒地冻，指战员们仍是单衣赤足，部队遇到巨大困难。

张云逸军长到经理处找叶季壮、李振亚、云广英等商量。

张军长问："弹药还有多少？如何解决寒衣？"

叶季壮摇头："两次战斗消耗太大，只能保证每个战士10发子弹、两颗手榴弹。另外，因为连续在大山行军，有钱也买不到布和棉花。"

张军长沉默。

李振亚建议："只有打武岗，进城才能补充。据侦察，武岗只有700多民团驻守。"

云广英说："战士非常疲劳了！"

张军长叹口气说："是呀！太疲劳了。前委研究再定。"

前委决定打武岗。红七军赶到武岗城外 20 余里的木瓜村。命令五十五团进攻武岗县城，夜 10 点攻城，敌军利用城墙还击，并将灯笼挂在城垛边，还把火把往下丢，火光暴露了攻城红军。红七军不断增加部队，激战 4 个昼夜，五十五团团长何莽冲进城墙侦察，中弹牺牲。红七军转为坑道作业逼近城墙，准备爆炸，突然两架敌机前来疯狂轰炸，把进攻坑道炸塌。湖南何键率 3 个团救援武岗，红七军处于守城敌军和湘军夹攻中，总部决定撤出战斗，连夜向新宁方向疾进。是役，红七军伤亡达 500 余人，元气大伤。

作为军部经理处的副官，李振亚在怀远、长安、武岗战斗中深入连队，竭尽全力做好出击前的准备和战斗中的后勤支援和伤员后撤工作。1988 年，云广英在怀念李振亚的文章《他是一个好副官》中这样说：

在每次行动和对敌作战前夕，李振亚同志都积极做好各项备战工作，细致检查各连队的枪支、弹药、粮食、米袋、食盐（当时食盐非常紧缺，市面上卖一个银圆一两）。甚至做饭菜用的铁锅、战士用的草鞋、雨笠他也要亲自过目检查，发现不足和不适用的就立刻设法补充和调换，若有某些事情未办好，他就连夜不休息去办，直至办妥为止。李振亚同志就是以满腔的热情、极端负责的精神来完成每项革命工作的。在每次战斗中，他又特别勇敢、坚定地做好各项后勤工作，如对伤病员的转移、弹药的补充，把做好的饭菜及时送到战场，使指战员吃饱多歼敌人。所以指战员都称他是"好副官"。在当时的艰苦环境下，能得到这样亲切的称号是多么不易啊！

红七军从河池出发，执行中央攻打中心城市指令。远征两个月，克服种种艰难险阻，历经怀远、长安、武岗数十次战斗，受敌军围追堵截，武器弹药消耗殆尽，部队减员近半。行军途中，战士们埋怨甚多，士气非常低落，作为经理处的副官李振亚对这种力量悬殊的战斗产生了怀疑。

有一次在行军路上，他对叶季壮谈到这种想法。叶季壮听后严肃地说："你对党是不是有怀疑？"

李振亚也严肃地说："我对党没有怀疑，对革命是忠心的，但对这种打法有看法！两个月部队人数少了一半，再这样打下去部队就没了。"他对红七军的命运显出忧虑。

叶季壮沉默，后来口气缓和地说："你不能在战士面前说这种话，明白没有！"

李振亚应道："明白！"

其实，前委和军部对如何执行中央指令一事也发生激烈争论。直到全州关帝庙前委会议，邓小平、张云逸才说服邓拔奇和陈豪人，统一思想，停止执行党中央攻打中心城市的指令，决定部队经湘南江华出连州、经粤北江，至粤湘赣边界并与江西红军取得联络。

部队到达全州，休整3天后进行整编，将4个团整编为3个团，撤销红五十九团建制，以提高战斗力。

在全州，军部经理处配合整编后的红军，迅速为部队补给。李振亚带领战士首先打开政府"官仓"和反动官僚、豪绅的仓库，将大部分弹药、财物和粮食分配各团做给养，其余发给贫苦民众。同时发动商人捐款，获得银圆数千元。但部队冬衣还未全部解决。叶季壮对李振亚的工作是满意的，表扬说："李荣，后勤工作也是打仗，要快、准、狠，看准赶快动手！这次补充部队就能再打几仗。"

李振亚应道："是！"

红七军经过整编，遵照进军江西的决议，从全州再度入湘，占领湖南道县县城。部队在道县召开400多人的群众大会，宣传红军的主张和政策。这时候县商会焦会长带领一批富商前来慰问，并请红七军领导到商会商谈捐钱粮事宜。

这是红七军出征以来头一次遇到商会主动捐献之事，引起叶季壮的注意。当时的形势是离道县几里路就有一支地主豪绅武装保安团，再远15里是湘军独立师驻地。叶季壮对李振亚说："你立刻到商会跟他们周旋，速战速决！"

李振亚应声："是！"随后，李振亚对通讯员轻声说："你盯着焦会长身后这几个人的动向，发现情况，赶快到商会向我报告！"

李振亚带着一个警卫员来到商会，焦会长殷勤接待，满口承诺，一会儿是上茶，一会儿是派烟，一会儿是上水果和食品。李振亚看出他用的是缓兵之计，便语气强硬地说："焦会长，你的情领了，部队行军在即，请你开列捐献清单以便安排。"

焦会长笑吟吟地说："李副官，别急！县城物资丰富，多住几天，我已派人下去叫各乡送粮，稍等一下！"

相陪的几个富商也笑着相劝："贵军多住几天也无妨！"

李振亚沉默了。

焦会长挑起话题："李副官生得聪明英俊，有家室没有？"

李振亚说："你什么意思？"

焦会长哈哈地笑："没意思，没意思，不高兴就不谈。"

众富商也哈哈地笑。

李振亚心想，必须改变这种被动局面。他向警卫员耳语："出门外看，通讯员回来没有，有情况通知警卫一排来。"警卫员点头出去了。

焦会长见李振亚向警卫员耳语，他们也紧张地耳语。

焦会长惊惶地说："李副官，有什么事好商量。已经准备酒菜，吃过午饭就解决。"

这时警卫员回来向李振亚耳语："通讯员已侦察发现，几个家伙出城是请保安团救兵，一排在外面。"

李振亚拔出驳壳枪指着焦会长："你这个老家伙想骗红军！"

焦会长连忙摇手说："没有，没有，红军饶命！"

李振亚厉声说："布匹棉花仓库在哪？"

焦会长急忙吩咐："老四，带红军去开布匹、棉花仓库！"

叫"老四"的富商应声："是，是！"

李振亚用枪指着焦会长脑门狠狠地说："你想陷害红军？要不是有纪律，我今天就杀了你！"

焦会长跪地求饶："我错了，别杀我！"

李振亚高喊："来人，把他们捆起来！"

李振亚带着一排战士领着富商打开了布匹、衣服和棉花仓库。各连来领取服装的排长对着一大堆杂色衣服、布匹、棉花感到犹豫,连声地说:"这衣服怎么穿?""这布匹棉花,还未做成衣服哪!"众人都不知从何下手。

李振亚站在高处大声地说:"现在是御寒去战斗,把花衣服穿在军衣内,把棉花塞在军衣内,把布披在军衣外,只要保暖就能战斗!赶快行动!"

各连代表醒悟过来,纷纷搬运物资回连队。

城外枪声响了。阻击部队在城外与保安团交火,湘军独立师正向道县赶来。

前委决定回师江华。将到江华时,发现湘军和桂军正准备围攻红七军。红军当即越过大苗山到桂岭休整。行军中,叶季壮笑着对李振亚说:"警卫员说你这次对焦会长很凶,差点把他枪毙了?"李振亚认真地说:"首长,我真急了,但我不敢杀他,我知道政策!"

叶季壮赞扬地说:"这就对了!一个红军指挥员越是危急时刻越要冷静。"

1931年1月14日,红七军到达桂岭。由于长途跋涉、艰苦转战,部队这时只有1500人。为了提高战斗力,前委决定再次整编,将3个团缩为两个团,干部降级使用。总指挥李明瑞,军长张云逸,政委邓小平,政治部主任许进。第五十五团团长龚鹤村(兼),下辖两个营;第五十八团团长李明瑞(兼),副团长李谦兼第一营营长,政委麦农本,下辖两个营。编余干部都由军部教导队(军官训练所)管理。

李振亚调任五十八团团部副官,还是担任后勤保障工作,他重新又直接由李明瑞指挥。李明瑞笑着对他说:"转个圈你又回来当我的副官。李荣,你不但要管后勤,还要参加战斗!"

李振亚应道:"是!"

1月16日,桂岭出现敌情。前委决定撤离桂岭,大部队经大锡到达江华县码市,小部队经鹰扬关,过连县地域,转赴码市会合,然后挥师粤北连县,执行创建粤北根据地的进军方案。

1月17日,前委率部由江华县码市挺进广东连县东坡镇。这里是教导大队队长冯达飞家乡。18日进至星子镇，商会及各界群众高举"欢迎红军"的大横额迎接部队，捐了1000多大洋和10头肥猪慰劳红军。

李振亚深深地感到，这次筹粮筹款很顺利是因为有群众基础。他对李明瑞说："有根据地就有后勤保证，真是不一样！"李明瑞笑着说："这个道理谁都明白，北伐时如果没有农会头，我们就会挨饿。但建立根据地需要时间，要百姓信你才行！"

李振亚点头称是。

20日，前委分析敌情，连县一带官僚、地主、富商都挟财物龟缩在连县老城，有千余民团武装，必须攻下老城以解决供给问题。当晚，部队前锋攻入老城城南商业区，连县县长下令向商业街放火，大火焚烧数十家店铺民宅。前委下令五十八团警戒救火，五十五团进攻残敌。

李明瑞对李振亚说："你带一连组织救火，我带部队警戒！"

李振亚大声呼叫："一连跟我来！"连长应声带着连队跑步前进。到达火场，李振亚说："连长，你带一个排在火场两边上屋顶拆瓦，控制火势蔓延，其余的跟我救火！"100多名战士迅速行动，终于把大火扑灭。

李振亚和战士们满脸被火熏黑，军衣湿透。李振亚见到李明瑞时，李明瑞笑着说："表现不错，明天会有进账！"

红七军连夜冒着枪林弹雨救火救人，感动了连州镇百姓，各界商民纷纷前来慰问红军，商会筹款4万银圆送来劳军，基督教会办的惠爱医院甘冒"通共"罪名收治了数十名红军重伤员。

红七军部队获得进一步的弹药和物资补充下一步，是撤离连州镇转入江西。到底是在江西还是在粤北建立根据地？前委经过几次争论，最后决定到湖南宜章和粤北乳源县地区创立根据地。

军部进驻乳源县梅花圩，马上组建了一支60余人的游击队，发动群众，创建政权，打土豪分田地，为创立根据地进行工作。

红七军在梅花圩计划创立粤北根据地不到一个月，敌粤军邓辉团向梅花圩扑来，军部决定对敌打歼灭战。第五十五团登上圩西一带的制高点，第五十八团扼守圩东北面军营下、背夫岭等高地，布成口袋形阵地。第五十五团打响，粤军冲上一连前哨阵地，连长覃亮之、指导员王天指挥全连反击，打退敌人多次冲锋，连长覃亮之英勇牺牲。第五十五团形势危急。

军部迅速查明，敌军不止一个团进攻，而是有3个装备精良的粤军主力团，张云逸赶到第五十五团，指挥一营营长章健率部从侧翼横插敌阵，牵制敌人的正面进攻；邓小平、李明瑞在第五十八团阵地指挥阻击敌人，邓小平对李明瑞说："军长那边恐怕挺不住了！"李明瑞对李振亚说："你带二营营长李显部队从侧后夹击敌人！"李振亚应道："是！"拔出驳壳枪带领二营战士出击，在一处树林与企图偷袭五十八团的敌人遭遇，李振亚喊声"打！"枪声先发于敌，经过激战，全歼偷袭敌人。章健率部解了五十五团正面之危，但敌军炮火集中攻击章健阵地，章健率部打退敌人5次冲锋，在反击敌第6次冲锋中，章健被敌手榴弹炸倒。五十五团再次危急，李振亚率二营从树林冲出，与敌展开血战，接着军部特务营在李天佑带领下从树林中冲出增援，打得正面进攻的敌人东逃西窜。五十五团得以巩固阵地。

敌军两个团被击溃，敌后续团队赶至，又分三路向红军全线进攻，他们企图全歼红七军。第五十八团副团长兼一营营长李谦为减轻各阵地压力，带领一营不断主动出击，吸引敌人进攻，敌人集中转向李谦营进攻，李谦营对敌进行8次反冲锋。李谦不幸腹部中弹，倒下后还大叫："冲下去，消灭敌人！"

夜幕降临，军部研究决定突围转移。在当地赤卫队配合下，采取迷惑敌人的办法，红七军撤出最后一个阵地，离开梅花圩。这一仗，歼灭粤军1000多人，予敌重创。但红七军也伤亡700多人，更严重的是一批重要干部伤亡。邓小平在《七军工作报告》中沉痛地说："此次作战的损失为向来未有，重要的干部如李谦（龙光）、章健等皆死，鹤村、振武、李显等皆伤，全军干部损伤过半，真令人痛哭。"

红七军损失惨重，但斗志更坚强。前委研究梅花圩失利，无法在此建立根据地，决定挺进湘赣边，寻找苏区休整，相机会合朱、毛红军。

部队转移到汤溪渡口,敌粤军郭润华团从韶关、乐昌乘车分两路扑向渡口。邓小平、李明瑞率第五十五团大部渡过北岸,与敌边打边向仁化县方向撤退;见北岸为敌军所控,张云逸率军直和第五十八团800多人连夜后撤30余里,率部退到大坪村,转移到乳源县的瑶族山村。

从1931年2月,梅花坪一战,红七军两个团在汤溪渡口暂时失去联系,各自转战在湘赣苏区和中央苏区。到1931年4月上旬末,经历无数次艰险战斗的红七军第五十五团与第五十八团终于在永新县天河镇胜利会合。

1931年4月中旬,中共苏区中央决定,张云逸因病随军治疗,由李明瑞任河西红军指挥部代理总指挥,红二十军政委曾炳春为总政委,率领红七军、红二十军及独立师5000多人在河西发动进攻,配合中央红军粉碎敌人的第三次"围剿"。在福安城战斗中,引敌韩德勤师一百五十四旅出城,进行全歼。毙敌100多人,俘敌700多人,缴枪1000多支和数门山炮。5月中旬,中央决定红七军与红二十军合并,李明瑞任军长,葛耀山任政委,许进任军政治部主任,张云逸任军参谋长,归属红三军团。

1931年9月,红七军在红三军团军团长彭德怀的指挥下,协助红一、三军团连续参加莲塘、良村、老营盘战斗,特别是在石岭战斗中英勇顽强、歼敌甚多,在方石岭隘口全歼韩德勤师残部一个炮兵团、一个步兵营,俘敌5000多人,缴获步枪4500支、机枪70多挺。红三军团长彭德怀称赞红七军是"猛如虎、精如猴"的英雄部队。

中央苏区在瑞金召开第三次反"围剿"祝捷大会。会上,为表彰红七军转战五省的光荣业绩和在第三次反"围剿"中屡建奇功,授予红七军一面绣有"转战千里"的锦旗。

李振亚在红七军军部,凝视着这面"转战千里"锦旗,他的眼泪慢慢地流下来了。他想到转战7000里艰难危险,怀念牺牲的战友,感到革命是非常艰难又伟大的事业,他在五十八团担任副官没有让战友失望,哪怕是最缺粮的时刻也要让战友们喝上一碗粥。他无愧于这艰难的事业。

有人抚着他的肩头说:"别难过,要奋斗就会有牺牲,人民会记住我们!"

李振亚回头看是李明瑞军长，他敬礼说："军长你找我？"

李明瑞点头说："是！"

李振亚问："有什么任务？"

李明瑞笑着说："调你到红军学校学习，你应该成为红军优秀指挥员。"

李振亚不情愿地说："战争这么紧张，我怎么能去学习？"

李明瑞果断地说："执行命令！"

李振亚握着李明瑞的手，眼泪快要掉下来——如此一来，他就要离开红七军了。

用以表彰红七军的锦旗

李振亚进了中国工农红军学校，就读第二期指挥系。

1931 年 8 月，中共中央在给苏区中央局并红一方面军临时总前委的指示信中明确指出："红军学校必须集中举办。"为此，时任中共苏区中央局代理书记、中革军委主席的毛泽东于 9 月下旬在江西省宁都县小布村会见了红三军团参谋长兼军团随营学校校长邓萍和红八军原军长何长工，部署筹办红军干部学校事宜。毛泽东以国民党办的黄埔军校为例，明确提出要办一个"红埔"。

11 月 25 日，中革军委根据中华苏维埃第一次全国代表人会的决议，将红军干部学校正式命名为"中央军事政治学校"，规定其为中革军委的直属机构，并任命萧劲光为校长。中央军事政治学校由彭杨军事政治学校第三分校、红一方面军教导总队和红三军团随营学校合组而成。校部设在瑞金城内夫子庙后的杨家祠堂。

中华苏维埃共和国临时中央政府主席毛泽东在学校讲授过《苏维埃运动史》，红军总司令朱德讲授过《游击战术》。1931年冬，中共苏区中央局书记周恩来从上海抵瑞金不久，便到学校视察。他看了学校的军事表演后，高兴地对何长工说：这所学校比国共合作时的黄埔军校办得还好，红军有这么一所学校，我们的腰杆子就更粗、更硬了。

1932年2月，中央军事政治学校改名为中国工农红军学校，简称"红校"。红校是我军第一所正规军校，以其完善的教学组织机构、教材体系和正规的教学活动，而有别于教导队和随营学校。萧劲光校长亲自设计校服，后来校服式样推广到了红军作战部队。

1932年春，刘伯承担任红校校长兼政治委员后，提出"行教合一"的教学思路。他要求学校各级领导既当行政干部又当教员，自己也长年累月登坛讲课。他还利用夜间加班翻译苏军《步兵战斗条令》等各类条令、条例，供教学使用。

1932年10月，叶剑英接任校长兼政治委员。他在坚持参加教学实践方面言传身教、一丝不苟，并亲自教授《步兵战斗条令》。

红校的教学内容分为三大部分：军事、政治、文化。军事队和政治队有共同必修的军事课程，军事队军事课占总课时的五分之三，政治队军事课占总课时的五分之二。此外，上级干部队军事专业除共同科目外，还开设兵团战术。

红校成立初期，教材、参考书很少，且比较杂乱，有苏联的、德国的、法国的、日本的，还有西北军军官学校的，以及南京、保定、黄埔等军校和云南讲武堂出版的军事教科书等。红校教学走上正轨后，全体教员共同努力，在几个月的时间里，就编写和翻译军事、政治教材30多种。这些教材不仅用于红校教学，还大量供给各苏区红军部队、军事学校和地方武装学习使用，颇受欢迎和好评。

红校共办了6期，为红军、地方武装和各级党政组织培训了11500多名干部，从这里毕业的许多学生都成了人民军队的优秀指挥员。

李振亚在杨家祠的红军学校是认真学习的，因为他已经历不少战斗，跟着李明瑞参加过北伐，接着又参加百色起义，保卫军部的战斗，在转战千里的战斗中，他亲眼见到红七军的战友在战火中倒下去。他明白为什么要通晓战斗的道理。而如何战斗、如何指挥战斗是需要知识的，所以他在5个月学习中都非常认真听课和讨论。

他听了红军总司令朱德的《游击战术》报告，心中非常激动，原来游击战术是以少战多、以弱胜强的法宝，但它必须扎根于人民群众中。没有人民群众的支持，就等于眼盲耳聋，游击战是无法打赢的。听了校长叶剑英的《步兵战斗条令》报告，他深感红军建设组织战斗力时必须有一个战术条令，使进攻和撤退通过战术动作进行。他怕自己的记录不全，又与几个同学校对笔记、补充修改，直到满意为止。认真的学习，为他打下坚实的理论基础，使他成为对敌人进行游击战和运动战的优秀指挥员，在后来的抗日战争中，党派他向国民党高级军官讲授游击战术时，也能使他们诚心佩服。他讲课的精髓来源于当年朱总司令的报告和毛主席的文章。

李振亚经过5个月的艰苦学习，毕业后留校任教员，并担任军事队步兵营营长。他在红军学校是既当教员又当指挥员。尽管当时环境十分困难，但是他都能出色地完成党交给他的教学任务，为红军各部队培养了许多优秀的指挥员。他自己也被评为模范指挥员。

在第四次反"围剿"中，李振亚率领全营学员参加了叶剑英校长指挥的清流战斗。

清流战斗是为牵制敌军进攻中央苏区腹地的重要战斗。

1933年3月初，为了加强中央苏区东南方向的防御，减轻敌人对我中央苏区腹地的直接威胁和压力，有效配合主力红军第四次反"围剿"作战，中革军委决定以福建军区所属的红十九军及瑞金模范团为骨干组建东南作战军，进入清流、连城一线作战，钳制敌人。20日，东南作战军在宁化禾口组建成立，由时任红校校长、瑞金卫戍司令叶剑英任司令员兼政委，欧阳钦任政治部主任。该军下辖两个纵队，含独三师、独七师、独十师、红校5个学生团和瑞金模范团，共有1万多人。

3月下旬，东南作战军刚刚成立不久，叶剑英便亲自率该部奔赴清流作战。在宁清地方武装东南游击支队、东北游击支队的配合下，叶剑英指挥东南作战军由南寨和北寨两个方向同时向清流城内发起猛攻。战斗持续了整整一天，红军突破了敌人两道封锁线，并摧毁了大批敌人工事，给敌人有生力量以大量杀伤。但是，由于清流城高墙厚，三面环水，背倚高山，易守难攻，我军又缺乏重型攻城武器，战斗渐入胶着状态。

李振亚率领的步兵营从南寨进攻，已经摧毁城外敌人的两道封锁线、逼近城墙，但派出几个爆破小组炸城墙都没有成功。天色已黄昏，参加过红七军攻打榕江战斗的李振亚着急地向南寨进攻总指挥伍修权提出请求："首长，让我回去组织云梯，天黑后一定可以攻下清流城！"伍修权摇头说："来不及了！敌人大批增援部队正在赶来。"

此时，敌人援兵将至，拖延下去必将对我不利，叶剑英等红军指挥员审时度势，及时地做出战略部署调整，战至黄昏时，趁夜色掩护，主动撤出战斗，有效地避免了可能招致的重大损失。

李振亚极不情愿地带着步兵营撤出战斗。随部队后撤的伍修权却对他说："我们进攻是为了歼灭敌人有生力量，不在一城一池的得失，我们已达到牵制敌人主力的目的。"李振亚感到首长讲得有道理，也点头称是。

清流战役虽然没有攻陷清流城，但牵制了敌人两个师的兵力。红一方面军在朱德、周恩来的正确指挥下，既采用了第一、二、三次反"围剿"战争的经验，又从国民党军队进攻时采取新战略的实际情况出发，发展了原有的经验，采取大兵团山地伏击战的方法，在黄陂、草台岗两次战斗中，一举歼灭蒋介石的嫡系部队近3个师，俘师长李明、陈时骥，击伤师长萧干，俘虏官兵万余人，缴枪1万余支及大量枪械、子弹、电台等军用物资，首创了大兵团山地伏击战的成功范例。蒋介石的嫡系部队遭受如此沉重的打击，这在以往各次战役中是不曾有过的。朱德说："陈诚几年间所依靠的部队整个（被）打垮了。四次'围剿'也算告结束了。"蒋介石在给陈诚的手谕中说：

"此次挫败，凄惨异常，实有生以来唯一之隐疼。"

1933年夏，由于革命形势发展的需要，中革军委决定将红校扩编成4所红军学校，即红军大学、彭杨学校（为纪念彭湃、杨殷两位革命先烈而定名）、公略学校（为纪念黄公略烈士而定名）、特科学校，此外还有一个上级干部队。按照原来4所学校的性质，彭杨、公略两所步兵学校编成3个步兵营，一、二营培养连排长干部，三营培养连政治指导员；特科学校编为四营——特科营，培养炮兵、工程兵、机枪干部；红军大学内编有上级干部队，培养营团军政干部。

李振亚奉命调到公略学校工作，担任学校第一营营长。

公略学校的任务是培养红军的连排级军政干部，学员都是从部队连长、指导员、青年干事等方面挑选出来的。李振亚结合自己的革命斗争实践进行教学，带领学生认真操练和演习。平日，他经常深入学员中间了解情况，关心学员们的思想与生活情况，及时解决存在的问题，言传身教，深受学员们的拥戴。

中央苏区取得第四次反"围剿"胜利后，范围扩大到30多个县；政权建设和经济建设都取得很大成绩；主力红军扩充到约10万人；地方部队和群众武装亦有很大发展。但面对国民党军采取堡垒主义新战略和重兵进攻，也存在不少困难。而中共临时中央领导人博古（秦邦宪）等却认为，这次反"围剿"战争是争取中国革命完全胜利的阶级决战。在军事战略上，摒弃红军历次反"围剿"的正确战略方针和作战原则，继续实行"左"倾冒险主义的战略指导，提出"御敌于国门之外"的方针，企图以阵地战、正规战在苏区外制敌，保守苏区每一寸土地。

这时，共产国际派来的军事顾问李德从上海到达中央苏区，直接掌握第五次反"围剿"的军事指挥权。因而，在国民党军"围剿"前夕，中央红军未及时有效地组织苏区军民进行反"围剿"准备，而是命令由红三军团、红十九师为主组成的东方军和由红一军团、红十四师为主组成的中央军继续在闽西北地区和抚河与赣江之间地区对国民党军实行不停顿的进攻。红一方面军主力在持续作战而未休整和补充的情况下，即于9月下旬仓促开赴中央苏区北线迎击国民党"围剿"军。

第五次反"围剿"开始后，在初战黎川失利后，李德提出"以堡垒对堡垒"的口号，采取"短促突击"等错误的战法，致使广昌战役再度失利。战至8月，北线和东线相继被敌突破，西线与南线吃紧，中央苏区四面告急。李德无计可施，朱德毅然重新担负起指挥重任，收拾残局。朱德乘机部分改变错误的打法，指挥红一、九军团等部发挥运动战的特长，在东线取得温坊大捷的胜利，歼灭李延年两个师4000余人，缴获大批武器弹药。这是红军在第五次反"围剿"中唯一的大胜仗，使苦战一年的红军得到最大一次补充。但是，局部的胜利已无法改变全局的败势，到9月下旬，中央苏区已经缩小到只有瑞金、会昌、于都、兴国、宁都、石城、长汀数县的狭小地区，不得不实施大规模的战略转移——长征。

李振亚在第五次反"围剿"中，心中干着急，多次向学校领导提出到前线作战，都被学校领导拒绝。李振亚痛苦地说："这么多和我一起学习的战友都牺牲了，我要为他们报仇！"学校领导严肃地说："正因为这样，你更不能去！李荣同志，你知道吗？红军现在最有作战经验的连长、指导员，就剩下学校这些人了，你要领导好他们，留下种子好建军！"

1934年10月，红军被迫离开中央苏区，实行战略大转移。为了适应长征时的作战需要，10月中旬，4所红军学校及上级干部队奉中革军委命令，在九堡集中整编，合并成红色干部团，作为一个统一的作战组织，随中央红军一道参加长征。红色干部团除担负在实战中培养干部和进行战斗的双重任务外，还同时肩负着警卫和保卫中央纵队行军宿营安全的重任。红色干部团团长为陈赓，政委宋任穷，李振亚（当时名为李荣）被任命为第一营营长，丁秋生为第一营政委（1935年1月遵义会议后到职）。一营辖3个连，战士都由原连排干部组成。

六、突破封锁线

中央红军准备突围，把几所军校组成红色干部团。出发之前，团长陈赓和政委宋任穷进行政治动员，陈赓说，红色干部团的任务，就是保卫中央机关，必须绝对保证中央首长的安全，哪怕是干部团指战员全部牺牲，也要保证首长的安全！全团指战员宣誓：誓死保卫党中央，保卫中革军委。这时红色干部团总人数还不到千人。

出发时，陈赓安排李振亚的第一营随中央首长警卫行动。陈赓说："这些首长只要有一个人出事，我就枪毙你！"李振亚大声说："明白！"

李振亚细看这些首长，除了博古、李德、周恩来有警卫员跟随，还有徐特立、谢觉哉、董必武、林伯渠、吴玉章等年纪稍长的"五老"，还有毛泽东、张闻天、王稼祥等近百人，全是不赞成李德、博古军事路线的人。白天，大家嘻嘻哈哈，不谈正事。

李振亚决定对一连战士实行人跟人的保卫，他对一连连长也发了狠话：
"首长出问题，我枪毙你！"连长也应道："是！"

蒋介石得知红军主力有突围迹象，匆忙赶赴南昌，在红军西征路上部署
封锁线。

横在中央红军面前的第一道封锁线，设在赣西南的安远和信丰之间，
由碉堡群构成，号称牢不可破的"钢铁封锁线"。防守这道封锁线的，是被
称为"南天王"的广东军阀陈济棠的粤军。让蒋介石料想不到的是，早在
1934年4月，陈济棠为了保存自己的实力，就已经开始寻求同红军的联
系。9月，周恩来派专使秘密与陈济棠取得联系，向他宣传"中国人不打
中国人，枪口一致对外"的道理。陈济棠巴不得红军不进入广东，使蒋介
石的中央军没有追进广东、乘机侵占他的地盘的借口。红军与陈济棠达成
了借道通过的协议。

时任红三军团政委的杨尚昆后来回忆：可能粤军前沿阵地没有接到"放
路"的命令，10月21日我们过信丰河时仍然遇到粤军的抗击，战斗十分激
烈。此战红军损失3700多人，红三军团第四师师长洪超牺牲。但在彭德怀指
挥下，红三军团胜利完成了突破敌人第一道封锁线的任务。其后，粤军由于
协议逐步传到而威胁减弱，中央红军顺利地通过第一道封锁线。

11月初，当蒋介石判断出中央红军的行动意图是去湘西北与红二、六
军团会合后，立即命令薛岳率中央军追击，同时命湘军何健部入湘南布防，
陈济棠率粤军主力进至乐昌、任化、汝城间截击。但何健的湘军还没来得
及部署，红军已经扑向第二道封锁线。此时，第二道封锁线的主角仍是陈
济棠的粤军。粤军一个团意外地与红军打了一仗后，在通过敌第二道封锁
线时，彭德怀根据汝城敌军据城坚守、一时难以攻下的情况，决定以一部
监视汝城之敌，主力绕城西进，避免了损失，争取了时间。11月8日，红
军在横列于任化、乐昌之间的粤军重兵检阅般的注视下，通过了第二道封
锁线。其后，彭德怀又根据敌军主力尚在湘赣边界、其第二道封锁线兵力
空虚的情况，建议中革军委："我应迅速坚决突破宜、乐、郴间封锁线。"

并指挥所部乘虚攻取宜章县城，顺利突破敌人第二道封锁线。为此，中革军委给予他通令嘉奖，"军委赞扬三军团首长彭、杨同志及三军团全体指战员在突破汝城及宜、郴两封锁线时之英勇与模范的战斗动作"，并号召各兵团指战员向红三军团学习。

红军顺利通过第一、第二道封锁线后，迅速扑向湘南。前进的路上是蒋介石的第三道封锁线。这道封锁线设在郴州、宜章之间，守军为"湘军悍将"何健的部队。但何健太了解红军的战斗力了，所以，当他接到蒋介石要他阻止红军西进的命令时，心里十分矛盾。一方面，他希望能侥幸阻止成功；另一方面，他也生怕与红军拼掉了老本，回头再被老蒋收拾掉。这种"想吃怕烫"的心理最终还是让何健效仿陈济棠，以"保境安民"为主，追堵红军为次，想让红军早些离开湘境。于是他把重兵集结于湘西北，在湘南与广东的接合部兵力配置则较弱，指望陈济棠能帮上一把。可是陈济棠又怎么会帮他呢！至11月15日，红军从湖南良田至宜章间突破第三道封锁线。

从长征出发的那天起，李振亚带领一营一直负责侦察敌情、打击土匪，扫清前进道路上的障碍。在湖南通过敌人第二道和第三道封锁线时，湖南的地方反动武装"挨户团"常常来袭击，每次都是李振亚率领一营去阻击消灭。有一次，"挨户团"占领了红军前进的要道，阻挡我军前进，李振亚立即率领一营仅一个冲锋就把敌人全部消灭掉了，使我干部团和中革军委纵队安全地到达宿营地。

红军虽然通过了3道封锁线，但也暴露出弱点：一是行动迟缓，部队难以采取机动灵活的方式作战。由于中共中央机关把大量笨重的物资和工厂机器等"坛坛罐罐"都带上了，部队行军长达160里，一天只能走二三十里；同时，总是采取两个军团在左翼、两个军团在右翼、一个军团殿后、中央机关居中的方式，被称为"抬轿子式"转移、"甬道式"行军。二是暴露了转移的战略意图，让蒋介石判断出中央红军要去湘西北与红二、六军团会合的意图。三是优柔寡断，不善于根据敌情变化及时转变作战方向。当红军进入湘南地区时，毛泽东曾建议红军组织力量反击，趁国民党军各路立足未稳之际，寻歼其一路或一部，改变被动局面。彭德怀亦提议迅速向湘潭、宁乡、益阳挺进，避免陷入绝境。但是，只顾得消极避战、一味西进的博古、李德，拒不采纳毛、彭的正确建议。

最初，中共中央在突围转移时是想把根据地从江西搬到湘西，因此携带了印钞机、石印机等大量的"坛坛罐罐"。主力红一、三军团为左右前锋，红八、九军团在两侧掩护，红五军团殿后，护卫着庞大臃肿的中央和军委机关纵队做"甬道式"行军，浩浩荡荡，场面蔚为壮观。

彭德怀对把高度机动、善打能藏的红军精兵当作"轿夫"，只能被动挨打的做法非常不满，愤怒地说："这样抬着'棺材'走路，哪像个打仗的样子?!"

李振亚的第一营护卫着行动缓慢的中央机关，行军队伍如一道长蛇阵般，突破第三道封锁线以后，蒋介石的飞机不断地在头上低空轰炸扫射。李振亚不时高喊："隐蔽！卧倒!"这时跟着贴身的战士就会把那些老首长扑在地上，飞机过后，还要被老首长骂："你慌什么嘛!"这些战士总是微笑着默默无言。李振亚从心底感谢这些忠诚的战士。

飞机轰炸过后，一路上，李振亚见到许多运输物资的民工和战士倒在公路上，他们来不及掩蔽。有一次，李振亚悲痛地对团长陈赓说："团长，我们这样的行军速度，有被敌人歼灭的危险!"陈赓望了他一眼，沉默，最后苦笑："这是中央决定，记住，就是死也要执行命令!"李振亚应道："是!"

李振亚明白这是不许怀疑的决定，只能够以死执行命令。

红军突破第四道封锁线进入湘南，前面横亘着潇水和湘江两条大河，继续向前就等于往敌人布好的口袋里钻。蒋介石认为围歼红军的机会到了，令湘、粤、桂及中央军共约40万人对红军形成追堵合围之势，企图把中央红军扼杀在湘江以东地区。11月25日，中革军委决定从兴安、全州之间抢渡湘江。中央红军离开根据地后最大的一场恶仗开始了。

11月27日，红一军团先头部队顺利过湘江，控制了界首到脚山铺之间的渡河点。28日，红三军团也渡过湘江，并控制了界首以南部分地区。殿后的红五军团则扼守要地，迟滞追击之敌。英勇的红军主力军团至11月27日晚控制了30公里长的湘江两岸。但中央和军委纵队行军速度缓慢，用4天才走了72公里，良机就这样白白丧失了。中央纵队距渡江点仅有80公里，如果轻装急行，一天即可迅速过江。然而，博古、李德等人仍不肯抛弃从苏区带出的笨重家当，在路上足足耗去4天宝贵的时间。此时朝湘江急进的国民党各路大军已迫近江边。为了保证中央纵队的安全，各路红军都陷入了以少打多、以弱对强的被动境地。

守卫湘江河畔渡口的红军防御阵地，成了一架巨大的绞肉机。双方的兵力不断投入，然后被不断消耗；再不断投入，再不断被消耗。这种战术对于兵力和武器处于劣势的红军来说，简直就是一场灾难。

在渡口南面，红三军团抗击回头北上的新桂系两个军，战况尤为惨烈。五师师长李天佑看着部队伤亡过半，一面严令坚守，一面催促机关人员"走快点"。

在湘江渡口北面，红一、九军团主要抗击湘军进攻。第三师的团、营干部大部分牺牲或负伤，四师在一天之内竟有两位团长阵亡。

担任全军后卫的红五军团与中央军追兵日夜激战，到达湘江边时，渡口已被敌控制，军团部和第十三师只得另寻渡河点涉水而过。随红五军团担任后卫的刘伯承最后渡江时，看到路边倒下的大批红军战士遗体，四处散落的机器、装备，满江漂流的文件和苏维埃币，不禁泪流满脸。

红三十四师和红六师第十八团被截断在湘江东岸，战至最后大部牺牲。

红五军团的二十四师是后卫中的后卫，在师长陈树湘的率领下，在湘江以东阻击追兵，全师6000余人仅剩300余人，与主力红军失去了联系。阻击三天三夜后不及过江，红五军团三十四师师长陈树湘率全体战士举起拳头，向对岸已过江的战友们道别，含着热泪宣誓：万一突围不成，誓为苏维埃流尽最后一滴血！当枪声零散下来，该师6000人只突围了300多人，不久又陷重围，陈树湘躺在担架上指挥战斗，不幸落入敌手。陈树湘负伤被俘，敌人为他医治并准备对他实行诱降时，他拒食拒医，并用手从腹部伤口处挖出自己的肠子，用力扯断而壮烈牺牲，年仅 29 岁。

当中央纵队在 5 个军团的狙击掩护下，从湘江的临时浮桥通过，天上还有飞机在轰炸，两岸还有残敌在射击，中央领导处于极为危险的境地。李振亚背着驳壳枪，手提轻机枪，对着一连战士大声说："把首长背走，跑步过浮桥！"战士们不管老首长的反对，一个战士背着首长往前跑，两个在旁边开枪边打边掩护。李振亚用机枪向不时打冷枪处扫射。他心里明白，这些人是党的希望，如果他们牺牲了革命就没有希望了，他不顾一切地拼命冲杀。

他们冲过浮桥，进入对岸红军主力军团的掩护圈。陈赓见到李振亚就问："首长全部安全到达没有？"李振亚挺立报告："全部安全到达！"陈赓又问："部队减员多少？"李振亚沉痛地说："后面掩护一个排因浮桥炸断跟不上来！"

陈赓沉默了。

中央红军突破蒋介石第四道封锁线，血战湘江，后进入广西全州。李振亚回到了广西故土，亲眼见到许多红军战士英勇地倒下，6.5 万红军在湘江血战，最后剩下 3 万人。红军在穿过广西进入贵州途中，许多红军指战员悲愤地质问："谁要对死去这么多红军战士负责？"

七、漫漫长征路

1

翻越老山界。

红军突破湘江之后，即向越城岭及其以西（今资源龙胜县境）前进。敌人在湘江以东不能全歼红军，又计划在湘西一带将红军歼灭。红军于是采取灵活的战术，避实就虚，避免在不利条件下和敌人硬拼，翻越了长征以来的第一座高山——老山界，战胜了敌人的追堵围攻，向敌人力量薄弱的贵州前进。

11月，红军从广西全州渡过湘江，翻过位于广西全州与湖南东安、新宁"两省三县市"边境的越城岭，向贵州方向前进。越城岭，为五岭之一，东安舜皇山处于其中段。

老山界路很陡，绝壁上开辟的栈道、石梯宽不过盈尺，人在上面攀登，就像陆定一在《老山界》一文里描述的一样："后面行军人的嘴几乎可以碰到前面行军人的脚跟或屁股。""走了不到半个小时，我们就气喘吁吁，衣服也被山路上的荆棘拉出了一道道口子。""从山脚向上望，只见火把排成许多'之'字形，一直连到天上，跟星光接起来，分不出是火把还是星星。这真是我生平没见过的奇观。"

李振亚在翻越老山界途中，见到红七军老领导雷经天。雷经天被分配到红军干部团当伙夫，天天背着大铁锅行军，为大家烧水做饭。部队进入广西时，干部团中有一些红七军的老战友对他说："您老背个大铁锅行军是吃不消的，干脆留在广西吧，那里的同志是了解您的。"雷经天冷静地说："回广西，我个人身上的铁锅是放下了，但因我而受牵连的同志会背上更重的'黑锅'，问题就更复杂了！不管遇到什么困难，我都不会离开队伍！"李振亚对一连连长说："找个战士跟他换着背锅！"连长应道："是！"雷经天笑着摇手说："我认识你，李副官，转战7000里我们都走过来了，我不要照顾！"李振亚无言地走了。

雷经天，百色起义时任右江苏维埃政府主席。但他命途多舛。1930年9月，李立三命令红七军北上，攻打柳州、桂林、广州等城市，雷经天为保卫右江苏区，不同意右江赤卫军和苏维埃的领导骨干全部北上，被诬为反对党中央的指示而被开除党籍。1931年4月得到平反，到了中央苏区，但在同年秋"肃反运动"中又被诬为"改组派"再次被开除党籍。他以"骤然临之而不惊，无故加之而不怒"的气量忍辱负重，跨越千山万水。

中央红军甩掉敌军围堵，决定在龙坪侗寨休整。

在龙坪侗寨宿营的是红军主力，毛泽东、朱德、周恩来等中央领导也在此驻扎。李振亚的干部团第一营负责中央首长驻地的警卫工作。李振亚在侗寨周围走了一圈，发现寨内都是木屋，这时天气已进入初冬，天气寒冷，山风也较大，是极易发生火灾的季节。他对一连连长说："对中央领导驻地警戒，要派一个班巡逻。"一连连长很不情愿地说："营长，周围没有敌情，湘江突围后战士很疲劳，派哨兵巡逻吧？"李振亚果断地说："执行命令！"

老山界

陆定一

老山界位于南山东南部，是南山风景名胜区的重要景区，南山风景名胜区中有老山界、原始次生林、大丫口观日出和盘山公路等景点。

老山界是当年红军长征走过的第一座最高的高山，全长三十华里，其最险峻的地段有五十多度，难走的高山，经过城步时走过老山界，陡壁上形似雕凿出来的石级，当地百步陡上天梯坎。

一九三四年十二月，红军翻过老山界到达南山时，当地百姓无不惊讶，都说红军是神兵天降'。在老山界留下有一个红一军刀刻劲的青松上'红军万岁'一四个红一大字，零零二年十月，南山牧场将陆定一'老山界'纪念碑一拓刻，为万年。理一手老石迹当年红军长征走过，清晰可辨。

又一路线按照石碑上，建一字，为方便游人攀登，走过取名的次生红军路开辟出一条游道。此路穿越原始生林，直通大丫口观日台。

李振亚的分析果然不错。一天深夜，寨子一间木楼突然起火，火借风势，大半个侗寨顿时变成一片火海。由于李振亚和衣而睡，一听战士鸣枪呼叫，就一跃而起与其他战士奋不顾身地参加灭火。时任军委副主席的周恩来迅速来到寨子中央的杨氏鼓楼上，亲自指挥红军战士救火，同时命令红军保卫人员密查纵火特务。在红军战士和寨上群众的奋勇抢救下，大火很快被扑灭。

由于李振亚事前周密部署，战士们一边救火，一边抓住了 3 名纵火者。他们供认是国民党特务，企图通过放火挑拨少数民族仇恨共产党和红军。

第二天，红军在寨上的一家祠堂召开群众大会，公审纵火特务，揭露敌特的卑劣行径，公审后将纵火特务枪决。干部团指战员们及时向群众进行宣传，使群众知道了失火的真相。随后，干部团发动战士们帮助侗族群众修筑房屋，还发放了一些钱给群众渡过难关，进一步密切了侗族群众和红军的关系。侗族群众由此明白了事情真相，了解了红军，认识到了红军与国民党军队有着本质的不同。于是，他们开始积极帮助红军，当向导、做挑夫，许多青壮年还加入了红军。

为纪念这段历史，后来当地群众就把杨氏鼓楼改名为"红军楼"，审判国民党纵火特务的祠堂也被称为"审敌堂"。

事后，朱德来到红色干部团，奖励了一营李振亚等同志的突出表现。

2

1935年元旦，中共中央决定抢渡乌江，攻占遵义，创建川黔边苏区。中革军委把乌江架桥任务下达给红色干部团，陈赓要求干部团特科营营长韦国清执行。该营是炮兵、工兵、重机枪"三位一体"的特种兵，担任着逢山开路、遇水架桥的艰险任务。

韦国清找到第一营营长李振亚，笑着对他说："榕江战役你是砍竹造梯的老手。这次，你营砍竹扎排，我营架桥，可以吗?"李振亚说："没问题!"

李振亚带着同志们深入到老百姓家里做宣传工作，发动群众献出煤油桶、向百姓买竹砍刀、竹竿作为搭浮桥的材料，结果不到两天时间，就收集到数百个油桶，砍下很多竹竿。李振亚对韦国清说："看你们营的了!"

乌江是贵州最大的河流，江面宽200多米，水深流急，两岸悬崖绝壁，险峻异常。当日，团长陈庚和韦国清、黄骅（特科营政委）率全营急行军60公里，赶到江界河渡口，冒着敌人的炮火架桥。由于江水湍急，浮桥无法固定。韦国清心急如焚，和几位工兵教员一起苦苦琢磨，想出了以石代锚的妙招：把竹篓满装石块，插上三根两头削尖的长木棍作锚爪，捆绑结实后沉入河底用以固定浮桥。经36小时的拼搏，终于把桥架至对岸，使军委纵队等部队得以顺利渡江，加上红一师、红二师在乌江下游水势较缓的河段乘竹筏强渡成功，全军得以渡过乌江，甩掉尾追的蒋介石嫡系部队，于1月7日攻占遵义，为中央红军长征以来第一次休整和党中央召开具有历史转折意义的遵义会议创造了条件。

强渡乌江

3

　　1935 年 1 月初，中央红军由南向北分三路突破乌江天险。1 月 6 日，红军先头部队进入遵义城。为了建立黔北防御，保证建立以遵义为中心的川黔边新根据地，中革军委决定派红一军团第二师四团追歼北窜之黔军侯之担部，攻克娄山关，占领桐梓县城。命令一下，红军总参谋长刘伯承和红一军团政委聂荣臻即到遵义城北门四团驻地部署了战斗任务。四团团长耿飚、政委杨成武当即率部队北进。部队抵板桥，消灭敌人一个前哨排。同时对娄山关敌情进行侦察，决定采用一路止由强攻、一路绕关东小道抄袭的战法攻克娄山关。1 月 9 日，四团由板桥分道出发。一营营长李光顺率一营担任正面主攻，沿公路以梯队形式展开向关口推进。二营为二梯队集结山脚待命。侦察队队长潘峰率侦察队和工兵连从关东侧小路向敌人侧后前进，意在截断敌后路，并袭扰桐梓县城。

扼守在娄山关上的敌人，是从乌江防线溃退下来的黔军第三旅林秀生部的两个团，胆寒若惊弓之鸟。红军尚未攻关，敌军即用电话向其军部请求增援，敌军部电话命令守敌"不准后撤一步"，并命其注意警戒关口东边小路，提防红军从侧后袭击桐梓。当时正下雨，红军通

攻战娄山关

信班战士搭电线于敌人电话线上，窃听敌人通话，知敌人东侧空虚。耿飚团长即命正面部队暂缓进攻，命令关东侧侦察队、工兵连迅速断敌退路。通信班随后窃听到敌人军部命关上守敌撤退的电话，知道守敌要弃关退守桐梓。正面强攻部队即以密集火力从关南发动总攻，迅猛杀上娄山关。敌人利用有利地形，妄图死守关口，向北退却。红军冒着枪林弹雨，冲入敌阵，与敌人白刃肉搏，最终占领关口。敌人向北狼狈逃窜，沿途丢弃武器、烟枪和大量军用物资。四团乘胜追击下关，经南溪口、红花园直扑桐梓县城。潘峰率领的侧翼部队已克桐梓，俘敌数百，缴获大量物资。当天，红二师师部进占桐梓，并击退川敌廖海涛部，11日进占松坎。红一师与第十团亦从遵义赶到，进驻桐梓、新站、松坎、酒店垭，与川军对峙，构成了遵义的北面防线，为保证遵义革命中心区的安全和保卫党中央在召开遵义会议做出了重要贡献。

李振亚率干部团第一营战士担任了遵义会议会场的警卫工作。

1935年1月15日至17日，中共中央在遵义召开了政治局扩大会议。参加会议的中央政治局委员有博古、毛泽东、张闻天（洛甫）、周恩来、陈云、朱德，政治局候补委员有王稼祥、刘少奇、凯丰（何克全）、邓发，扩大参加者有红军总部和各军团负责人李富春、刘伯承、林彪、聂荣臻、彭德怀、杨

尚昆、李卓然。出席会议的还有《红星报》主编邓小平（会议中被选为党中央秘书长）、共产国际驻中国的军事顾问李德及其翻译伍修权。

遵义会议确立了毛泽东同志在党和红军中的领导地位，是我党历史上的转折点。但是，蒋介石从各省调集40多万兵力，分7个纵队从四面八方扑向黔北，妄图把3万多红军"聚而歼之"。为了摆脱敌人的围追堵截，中革军委制定了在宜宾、泸州间北渡长江与红四方面军会合的作战计划。1月19日，红军分三路离开遵义北上。1月29日，红军在土城浑溪口、赤水元厚渡口胜利渡过赤水河，进入川南。长江沿线敌情严重，不利于红军渡江，中央军委电令各军团转移到敌兵力薄弱的云南扎西。蒋介石令川军、滇军向红军侧击，并在川南部署兵力合围红军。2月10日，中革军委决定放弃北渡长江的计划，突然离开扎西，挥戈东进。2月19日，左纵队和右纵队分别在二郎滩和太平渡渡过赤水河。2月14日，红一军团前锋一师一团消灭黔军王家烈第四团一部，攻占桐梓县城。红军回师迅速，打乱了蒋介石在黔北的军事部署。

2月25日晨，中革军委发出"应乘虚占领娄山关"的指示，命红三军团军团长彭德怀、政委杨尚昆负责指挥红一、三军团及干部团进攻娄山关。彭德怀接受任务后立即命红三军团第十三团主攻娄山关，红一军团第一团向关东侧石炭关迂回，其余各部随前锋向娄山关挺进。25日上午9点，十三团在向娄山关急进途中，在红花园与赶赴桐梓增援的黔军杜肇华旅（王家烈的主力部队之一）的第六团遭遇，敌且战且退，由南溪口退守娄山关。其团长刘鹤鸣急命"双枪兵"进入隘口两侧高地，右翼由第二营扼守，左翼由一连防守，阻止红军正面进攻，并掩护敌一、三两营在关上构筑工事。敌旅长杜肇华退驻关南黑神庙指挥。敌师长柏辉章命宋华轩率第十团向娄山关右翼增援，令十五团驻守板桥，防止红军从东侧抄袭后路，还命令敌第六团团长刘鹤鸣"固守娄山关三日"，以掩护吴奇伟部由贵阳渡乌江驰援遵义守敌。红军由红花园进抵关北南溪口，经侦察决定，由十三团主攻关口，十团及红一军团一部从两侧包抄，断敌后路。十三团团长彭雪枫、政委苏振华率领红军攻关，在强大火力掩护下发起猛烈仰攻。一营攀悬崖进攻制高点金山，两个冲锋梯队喊声如雷，投出排排手榴弹，端着刺刀冲出敌阵，经过激烈肉搏战，终于打垮守敌，攻占点金山高地。敌军组织强大火力，拼凑敢死队反扑，敌军官以手枪督战，逼"双枪兵"冒死攻山。红军与敌人在点金山和大尖山一线进行了反复拼杀的拉锯战。下午4点，红军在军团组织的火力掩护下，发动5次冲锋，击毙敌督战官，乘势猛冲，连续攻占了娄山关两侧的10多座山头，完全突破了敌防线，在黄昏前牢牢控制了关口。刘鹤鸣收拾残兵败卒，退守关南黑神庙一线。

25日晚，为夺取娄山关战斗的最后胜利，中革军委命令谢嵩、钟赤兵率领红三军团十二团从桐梓楚米铺连夜赶赴娄山关，接替与敌人血战一天一夜的十三团一营；命令张宗逊、黄克诚率领红十团从娄山关东侧，由小箐、牛王屯迂回打击板桥驰援之敌十五团；命令邓国清、张爱萍率领红十一团远出娄山关西翼，由小水田经混于场直播高坪大桥，截断板桥和遵义的联系，断敌退路。26日清晨，娄山关上笼罩着浓云密雾。盘踞关南的敌军精锐第四团排成密集队形，向关口发起集团冲锋；刘鹤鸣第六团残部也蜂拥攻关，企图夺回点金山高地。敌旅长杜肇华令第十团宋华轩部、十六团金祖典部，分从左右两翼包抄关口，在轻重机枪掩护下，发动6次冲锋，占领了娄山关口以南沿公路的军事哨和小哨。红十二团居高临下，击溃敌人多次反扑。敌人仰仗兵多弹足，又多次向娄山关猛攻，做垂死挣扎。红军正面出击，左右迂回包抄，前后夹攻，沿公路向南纵深追击。战斗从清晨持续到下午5点，红军牢牢地占领了关口，在关口至板桥一线歼灭和击溃敌人4个团，满山遍野和公路上摆满了敌人的尸体、武器、轿子和烟枪。红军乘胜猛追，在高坪、董公寺一线又歼敌4个团。

傍晚，毛泽东、周恩来、朱德、彭德怀相继策马登上娄山关，又先后下马观看刚结束战斗的战场。毛泽东突然想起一月前经过娄山关时哼过的几句新词。他再次跨上马背，续完了《忆秦娥·娄山关》：

西风烈，长空雁叫霜晨月。霜晨月，马蹄声碎，喇叭声咽。　　雄关漫道真如铁，而今迈步从头越。从头越，苍山如海，残阳如血。

遵义会议胜利结束后，红色干部团于 1 月中旬离开遵义，经娄山关、桐梓向西挺进至土城一带，准备随红军大队在土城、赤水渡过赤水河，夺取兰田坝、大渡、江安，然后横渡长江。

红军的行动引起了国民党的极大恐慌。蒋介石命令川军倾全力于川黔边境布防，并派郭勋祺师严密封锁长江，防红军北渡。中革军委乃命令红色干部团配合红一、三军团攻打郭勋祺师。

1935 年 1 月 28 日，干部团协同红一、三军团在黔北土城与川军展开激战。敌军火力很猛，

土城渡口

且居高临下，地形有利。李振亚身先士卒，站在第一线指挥作战。当时地形对我不利，第一营负责攻打位于中间的山梁，既受到正面敌人的阻击，又受到左右山梁敌火力侧射，处境险恶。李振亚的背包中了好几发子弹，帽檐也被打穿。他手持驳壳枪，呐喊："同志们冲呀！"率先占领了敌人的前沿阵地。其后，敌二线部队反扑过来，双方反复拉锯，此时，敌后援部队正向红军侧翼迂回。中革军委当机立断，命令部队西渡赤水，前出川南。朱德总司令亲临前线指挥部队后撤。在两军对峙的情况下，撤退亦不容易。李振亚把生的希望留给战友，把死的危险留给自己，坚持由丁政委带队先撤，自己带一个排断后。这个排挡住了敌军的追击，牺牲过半，撤下来后仅剩十几人。

4月下旬，党中央为了甩掉追击的敌军，实行北上，因而做出了分兵左、中、右三路，速渡金沙江的决策。4月29日，当红色干部团前进至离金沙江（四川、云南交界处）100多公里的彝族地区时，接到了中革军委关于夺取金沙江皎平渡口的命令。为了保证这一任务的完成，决定以干部团三营为先遣营，九连为前卫连，由军委总参谋长刘伯承直接指挥，日夜不停地跑步向皎平渡前进。干部团一营、二营、四营、上干队等则由陈赓等率领，随后跟进。在渡口，他们幸运地找到了一条船。原来这条船是送敌方探子来南岸探查情况的，探子不知跑到哪里去了。后来，他们又在当地农民的协助下，从水里捞出了一条破船，用布把漏洞塞上。

红军抢渡金沙江

然后，他们乘坐这两条船悄悄地渡到北岸。敌人的哨兵以为探子回来了，没有在意。他们来了个突然袭击，控制了皎平渡两岸渡口。后来，他们又找到了 5 条船，动员了 36 名艄公，把一个排送到北岸。李振亚率领第一营担任渡江掩护任务。敌军还摸不着头脑，就被我军缴了枪。我军控制了渡口两岸。

第二天清晨，刘伯承到达金沙江畔时，得知左右两个渡口船只均已被敌人烧掉，又无法架桥，全军都将由皎平渡口渡江，于是命令陈赓率领一、二、四营等部迅速夺取皎平渡口以北 20 公里的通安州，占据高地，直接控制皎平渡口，掩护全军安全渡江。陈赓接受命令后，立即命令李振亚、丁秋生率领一营战士跑步前进，抢占通安镇右山阵地。一营和其他各营按照上级下达的命令，向敌军发动进攻。

通安是一个不大的山地街镇。它居高临下，形势险要，占领这个高地，就可控制住皎平渡口。在通往通安州的道路上要经过一个隘口，敌人在此设重兵把守。陈赓团长从一营抽调了几十人组成尖刀排，命令毕士梯参谋长带领该排去攻占这个隘口。当攻占了隘口时，陈赓率领团里主力部队也迅速赶到，他又命令李振亚带领一营迅速去攻占通安州右侧的小高地。李振亚大喊一声："跟我来！"就带着一营战士向小高地冲去，经过一番拼死的争夺，一营占领了小高地。接着全团向通安州镇上的敌人发起冲锋，占领了通安州。这次战斗，我军歼灭了敌人 600 多人，生俘了一个团长，为掩护中央红一方面军渡过金沙江做出了贡献。

与此同时，红一军团赶到了龙街渡口，红三军团赶到了洪门渡，但这两个渡口都没有船只，加上江宽水急无法架桥。军委命令他们迅速转到皎平渡过江。

从 5 月 3 日至 9 日，在七天七夜的时间里，红军主力就靠这 7 只小船从容地过了江。担任后卫的红九军团在南渡乌江以后奉军委命令一直在黔西绕圈子，时东时西，忽南忽北，牵制了敌人部分兵力。5 月 6 日，他们到了云南东川与巧家县之间，并于 5 月 9 日在树节渡顺利地渡过了金沙江。两天以后，敌人的追兵才赶到南岸。可是红军早已毁船封江、远走高飞。

6

1935 年 5 月上旬，中央红军准备渡过大渡河。24 日晚，先头部队赶到安顺场，占领了该地。

1935 年 5 月 24 日晚，中央红军先头部队第一师第一团经 80 多公里的急行军赶到大渡河右岸的安顺场。此地由川军两个连驻守，渡口有川军第二十四军第五旅第七团一个营筑堡防守。当晚，红一军团由团政委黎林率第二营到渡口下游佯攻，团长杨得志率第一营冒雨分三路隐蔽接近安顺场，突

强渡大渡河

然发起攻击，经 20 多分钟的战斗，击溃川军两个连，占领了安顺场，并在渡口附近找到一只木船。安顺场一带大渡河宽 100 多米，水深流急，两岸高山耸立。在红军到达之前，川军第五旅第七团一个营抢占了这一地区，正在构筑工事，凭险防守。情况对红军十分不利。

25 日晨，红一军团开始强渡大渡河。刘伯承、聂荣臻亲临前沿阵地指挥。红一军团第一营营长孙继先从第二连挑选 17 名勇士组成渡河突击队，连长熊尚林任队长，由帅士高等 4 名当地船工摆渡。战前，先遣队首长亲自向领导交代任务，一起制订渡河方案，并强调这次渡河关系全军成败，一定要战胜一切困难，完成任务，为全军打开一条通向胜利的道路。7 点，强渡开始，岸上轻重武器同时开火，掩护突击队渡河。炮手赵章成以两发迫击炮弹命中对岸碉堡。突击队冒着川军的密集枪弹和炮火，在激流中前进。快接近对岸时，川军向渡口反冲击，杨得志命令再打两炮，正中川军。17 名勇士战胜了惊涛骇浪，冲过了敌人的重重火网，终于登上了对岸。勇士们击退了川

军的反扑，控制了渡口，后续部队及时渡河增援，一举击溃川军一个营，巩固了渡河点。

由于安顺场不能架桥，修好了的几只船也无法解决全部红军的渡河需求，而向红军追击的敌军很快就要赶到，形势危急。刘、聂等首长认为必须夺取泸定桥，乃命令二师沿江左边北进，已经过了江的一师则沿江右边配合二师夹江北进；干部团接替一师防务，掩护兄弟部队执行任务。

陈赓团长命令李振亚带领一营先行过河，然后掩护大部队过河。一营用几艘牛皮船渡到对岸后，在安靖坝进行掩护，让红一军团第一师和干部团安全地渡过了大渡河。干部团过河后，接到中央军委的命令：担任沿河警戒任务，掩护主力部队抢渡泸定桥。

不久，敌军一个先头旅赶到。情况紧急，上级命令干部团至少要坚守一天。在敌众我寡的严重情况下，一营战士在李振亚、丁秋生的指挥下，凭借有利地形与敌人展开了激烈的战斗。敌人一次又一次的进攻被打退。在战斗中，李振亚腿部受伤，但仍坚持不下火线，带伤继续指挥战斗，终于和其他兄弟部队一道完成了坚守一天的战斗任务。

八、反对分裂党

在中央红军转战川滇黔时，红四方面军为了扩大苏区，并配合中央红军的作战行动，决定发起嘉陵江战役。1935年3月28日至4月21日，在总指挥徐向前、政委陈昌浩指挥下，红四方面军取得了嘉陵江战役的胜利，控制了东起嘉陵江、西至北川、南始梓潼、北抵川甘边界的纵横100余公里的广大新区，为巩固川陕苏区和继续向甘肃省南部发展创造了有利条件。但川陕苏区和红四方面军主要领导人张国焘只看到苏区的困难和国民党军将要进行的大规模进攻，看不到坚持苏区斗争的战略意义，擅自决定放弃川陕苏区。5月初，红四方面军、地方武装和苏区机关人员共约10万人开始向西转移。至中旬，先后占领四川省茂县、威州、理番等广大地区并继续向西发展。

中央红军渡过大渡河后，继续北进，于5月7日占领天全；8日，突破国民党军的芦山、宝兴防线。接着，红军以坚忍不拔的毅力克服重重困难，翻越终年积雪、空气稀薄的大雪山——海拔 4000 多米的夹金山。这时，红四方面军分路西进，先头部队红三十军攻占懋功，一部前出到达维。12 日，中央红军先头部队和红四方面军先头部队在达维胜利会师。18 日，中共中央、中革军委率领中央红军到达懋功地区。

红一、红四方面军的会师，是红军长征史上的一件大事。它大大增强了红军的力量，使集结在这个地区的红军兵力达到 10 多万，为粉碎国民党军的进攻开创新的局面，创造了有利条件。

红一、四方面军会师后，成立了前敌总指挥部。李振亚奉命调总指挥部任作战科科长。

为了便于统一指挥，也利于互相学习，经中央批准，决定红一、四方面军之间互相调配部分干部和部队。红四方面军调派 3 个团共 3800 人到红一方面军；红一方面军也调派了李振亚、李卓然、张宗逊、陈伯钧、李天佑、李聚奎、朱良材等一批干部到红四方面军工作。李振亚奉命从前敌总指挥部作战科调到红四方面军红三十三军，担任军参谋长的职务。李天佑被任命为红四方面军第三十军参谋长，成了军长程世才和政委李先念的得力助手。张宗逊被任命为红四方面军红四军参谋长。陈伯钧调任红四方面军第九军参谋长。李聚奎调任红四方面军第三十一军参谋长。朱良才奉命调至红四方面军三十一军任政治部主任。

红一、四方面军会师懋功

1935 年 6 月，红一、四方面军在川西会师后，以毛泽东为首的中共中央同张国焘发生了激烈争执，其焦点便是北上还是南下，是到陕甘落脚还是退往西南建立所谓"川康新局面"。

8 月，中革军委于毛儿盖召开军事会议，决定将红军分为左右两路，继续北上。以红一方面军的红一、三军团，中央直属纵队，红四方面军的红四、三十军组成右路军；以红一方面军的红五、九军团和红四方面军的红九、三十一、三十三军组成左路军。李振亚随三十三军调入左路军工作。

1935 年 9 月 12 日，红军长征途中，作为红军总政委的张国焘擅自命令左路军和右路军中的红四方面军从四川阿坝县和若尔盖县等地南下，于10 月 5 日在松岗卓木哪（今马尔康县脚木足乡）另立"临时中央"，自任"主席"，公开分裂党和红军。随左路军进行长征的红军总司令朱德和参谋长刘伯承等，与红四方面军广大指战员一道同张国焘分裂党和红军的阴谋进行了坚决斗争。

在 10 月 5 日的分裂会上，张国焘强逼朱德、刘伯承站出来表态。朱德语重心长地对与会者说："大敌当前，要讲团结嘛！天下红军是一家。中国工农红军在党中央统一领导下，是一个整体。大家都知道，我们这个'朱毛'，在一起好多年，全国和全世界都闻名。要我这个'朱'去反'毛'，我可做不到呀！不说发生多大的事，都是红军内部的问题，大家要冷静，要找出解决问题的办法来，可不能叫蒋介石看我们的热闹！"刘伯承则呼吁党和红军要团结一致，共同打击敌人，不要搞分裂。

会上，张国焘要求从红一方面军调来的将领表态，要求他们反对右路军北上，批判毛泽东和周恩来。张宗逊说："我是跟随毛泽东在井冈山战斗的，决不反毛泽东！"陈伯钧说："你枪毙我也不反对毛委员和朱总司令！"李振亚表态："红七军战士转战 7000 里才与中央红军会合，不能反对中央！"这些中央红军的高级将领态度都非常坚决，要维护中央团结，坚决反对分裂。

红四方面军原部分将领在会场起哄，会场内有争吵的、有笑的声音，总之乱哄哄的。有人高叫反对"北上逃跑"、"打倒毛周张博""拥护张主席"这些都给予反对分裂的将领巨大压力。

两天的分裂表态会上，朱德、刘伯承和反对分裂的将领并不被这种批判浪潮压倒。他们保持愤怒的沉默。

朱德在党和红军中的巨大声望是人所共知的。朱德等同志的态度，对张国焘起到了有力的制约作用，使张国焘不敢轻举妄动。与此同时，朱德同张国焘的斗争自始至终都十分注意方式、方法，总是以理服人，一方面讲斗争，另一方面讲团结。他耐心地规劝张国焘，要服从党中央的领导，不能另起炉灶，闹独立性。他说"你的这个'中央'不是中央"。张国焘也十分清楚，不管他的"中央"也好，"军委"也好，没有朱德的支持是成不了气候的。朱德认为张国焘不敢对他动手，但是希望红一方面军调来的高级将领不要被张国焘抓到把柄。

张国焘在分裂表态会上没有压服反对的将领，遂召集红四方面军总指挥徐向前和总政委陈昌浩密议。张国焘提出要逮捕反对分裂的将领并给予处决。徐向前不同意。他说："红军是工农的部队，高级将领有不同意见可以保留，但是不能捕杀兄弟部队的将领，不能红军打红军！"陈昌浩也不同意，他认为这样干，右路军自己就打起来了，因为红一方面军红五、九军团和中直纵队过来的部队不少，打起来内部伤亡会很大。他不赞成这样干。

但是张国焘顽固地坚持，即便不杀这批反对将领，也必须严肃组织处理，把他们调离指挥岗位。对此，徐向前沉默，陈昌浩不反对。

就在这个时候，红军总参谋长兼红军大学校长刘伯承策划了一次行动，要实行抓捕张国焘的"兵谏"行动。他在红军大学分头会见红一方面军的反分裂的高级将领，制订行动计划。

当刘伯承向朱德透露这个计划时，朱德严肃地对刘伯承说："不能这样干，这样会毁了红军的，相信红四方面军将士会觉悟过来的！我们继续做工作，先忍为妙，以利团结。"

刘伯承同意总司令的建议，他当场烧毁了捉拿张国焘的计划方案。

朱德估计此事会传到张国焘处，两人商议对策。不久，朱德和刘伯承被分别叫去与张国焘谈话。张国焘问到刘伯承写计划之事，朱德说："这是伯承撰写的在深山林区对敌作战的文章。"他过了关。而刘伯承被请进总部谈话时，也说两人是在研究修改游击战文稿，张国焘也就不再说什么了。

后来，刘伯承分别去通知红五、九军团干部们到红大学习军事，秘密地传达了朱总司令的指示，劝他们不要盲目行动，不要单独北上找党中央毛主席，更不能绑架张国焘。劝他们千万要冷静，顺其自然、等待时机北上。

张国焘对反对分裂的将领采取组织处理：陈伯钧被免去第九军参谋长一职，任红军大学主任教员；李振亚被免去第三十三军参谋长一职，调任直属纵队娱乐股股长；朱良才被免去第三十一军政治部主任一职，调任红四方面军教导团团长兼政委；张宗逊被免去红四军参谋长一职，调任红四方面军红军大学（校长刘伯承，政委何畏）参谋长兼高级指挥科科长。

刘伯承被免去红军总参谋长职务，专任红军大学校长。

红一方面军高级将领被调动工作以后，朱德还是细致地做他们的思想工作。他到红军大学看望刘伯承、陈伯钧、张宗逊。陈伯钧的心情不好，在日记中说："是夜静思，痛澈（彻）肺腑，以致暗泣。有生以来，伤心事，莫过于斯。"朱德开解他："一个共产党员，任何时候都要为党做贡献。你现在是教员，但你打过许多仗，可以总结出来编写教材嘛！"陈伯钧得到总司令的启发，专心总结战争实践编写教材，其间，编写出《步哨动作》《侦察勤务》等教材。

朱德也做李振亚的思想工作。李振亚见到朱总司令，表示自己对做娱乐股的工作很茫然。他对朱总司令说："我不会唱也不会跳，怎么做军队娱乐工作？"朱德笑着说："现在是行军打仗，要唱戏也没地方和时间，你要做战前、行军、战后的宣传工作，这就是娱乐！"得到朱总司令的启发，李振亚于是和娱乐股的同志创作了许多快板词，在部队行军时进行说唱动员。

红四方面军南下，与蒋介石的"剿匪"大军正好迎面相撞。蒋介石令川军集中力量对付红军。红四方面军的战局没有打开，敌军又从南面压过来。敌我双方力量悬殊，红四方面军只得放弃原定计划，由进攻转入防御。11月下旬，部队撤出百丈地带，转移到九顶山、天品山、王家口、莲花山一带。红四方面军遭到敌军方面的重兵压迫、堡垒封锁。这时，南下或者东出都已经没有可能了。在川西无法立足，到荒凉的藏区也难以长久维持供应，部队由8万人减少至4万人。

正当红四方面军南下失败、处境困难的时候，红一方面军胜利到达陕北，并取得直罗镇战役胜利；张浩（林育英）从共产国际回到陕北，与中共中央取得联系，党中央决定让他以有利身份出面做张国焘的工作。而中共中央政治局在瓦窑堡会议上又做出《关于目前政治形势与党的任务的决议》，进一步确立党的建立抗日民族统一战线的策略。党中央便将张浩回国的消息、直罗镇战役胜利与瓦窑堡决议内容向朱德和红四方面军做了通报。

党中央率红一方面军北上的胜利与张国焘坚持要红四方面军南下的失败，形成了鲜明的对比。张国焘此前散布的中央"率孤军北上，不会拖死也会冻死"，"至多剩下几个中央委员到达陕北"的谬论不攻自破。红四方面军不少指战员私下纷纷议论，"还是中央的北上方针对头"，"南下没有出路"，"我们也该北上才对"。故此，部队要求北上的呼声日渐高涨起来。

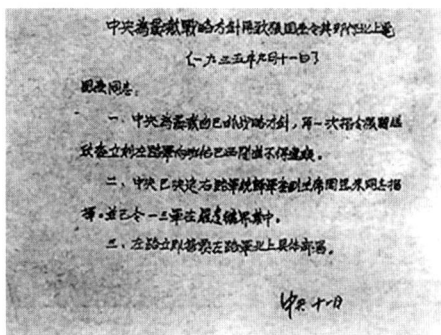

中共中央催张国焘北上的电文

这时，任弼时、贺龙等领导的红二方面军也与四方面军会合，他们不同意张国焘另立"中央"，主张北上会合红一方面军。红四方面军总政委陈昌浩也开始转变态度，表示服从共产国际的决定。孤家寡人的张国焘被迫"急谋党内统一"。朱德和其他同志趁机做张国焘的工作，要他先取消他所谓的"中央"，其他分歧意见待日后坐下来再慢慢解决。于是，有同志建议"仿东北局例"，成立西南局，隶属共产国际中共代表团领导，暂时与陕北党中央发生横向的关系。这个意见，红四方面军的同志都以为比较可行，估计张国焘也能够接受，经与党中央协商，意见达成一致。

关于"临时中央"问题，经张国焘与党中央磋商，决定由红二、四方面军领导人组成西北局。1936 年 6 月 6 日，张国焘在炉霍党的活动分子会议上，正式宣布取消他的伪中央。7 月 27 日，中共中央批准成立西北局。至此，张国焘的分裂主义彻底破产。

在反对张国焘分裂斗争中，李振亚始终站在朱德、刘伯承这边，直至红一、二、四方面军会师。

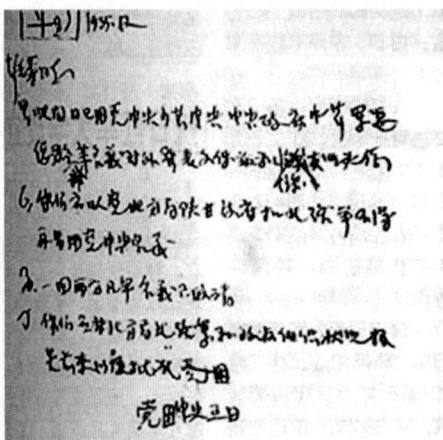

张国焘取消第二"中央"的信件

1936 年 1 月，为了充实连队，适应新的任务要求，红四方面军各军奉命整编。红四方面军的第三十三军与原属一方面军的第五军团合并，编为第五军。李振亚从红四方面军总部娱乐股调第五军任参谋。

1936 年 11 月 8 日，中央及军委提出了《作战新计划》。总的意图是放弃夺取宁夏的原计划，将河东 3 个方面军的主力组成南路军、北路军，分别从延长、延川地区和神木、府谷地区东渡黄河入晋，进行大规模的战略转移，继续逼蒋抗日，争取与阎锡山、蒋介石达成停止内战、一致抗日的协定；河西部队则组成西路军，以在河西创立根据地，直接打通远方为任务，准备以一年完成。

11 月 11 日，中央正式命令河西部队组成西路军。为统一领导，西路军军政委员会获批准成立，由陈昌浩任西路军军政委员会主席，徐向前任副主席。

西路军部分领导合照

河西部队于 11 月 9 日按指定位置集结完毕，当夜向西开拔。第一纵队三十军和第三纵队五军居右翼，由一条山、吴家川向大靖前进；第二纵队九军和总部直属队居左翼，由镇虏堡地区经松山城、干柴洼向古浪前进。徐向前、陈昌浩随三十军行动，王树声随九军行动。这时部队衣衫单薄褴褛，许多人赤脚穿着草鞋，武器弹药极端缺乏，在寒冷、饥渴、疲劳和风沙中同敌人拼搏，伤病员逐日增加。三十军进至大靖附近，守敌第五师祁明山旅固守不出。为争取时间，李先念率军绕道而行，包围了土门子，迫使守敌骑五师工兵营投降。与此同时，左翼红九军亦进至干柴洼地区。11 日晨 7 点多，敌骑五师两个旅、一百师一个旅在反动民团配合下，分由东、西、南三面向干柴洼猛扑。激战到晚，九军将敌击溃，主力进至横梁山地区，继续打击追堵之敌。

这时，中革军委来电征求意见：如果西进新疆有困难，西路军可以掉头东返。

陈昌浩召开了军政委员会，听取大家的意见。徐向前在会上列举了 5 条理由，说明西进新疆的必要性：一、可以解决西路军的战略靠背问题；二、能拿到苏联援助的武器；三、回过头来再打马家军（即"西北王"马步芳），易如反掌；四、对河东红军和友军能起到有力的鼓舞和策应作用……

讨论中，大家赞成徐向前的意见，一致认为，与西进比较，东返困难更大。于是，会议决定西进。计划第一步进占凉州、永昌、大靖略做休整补充。第二步进占甘州、肃州，准备接通新疆、蒙古。决心在甘州、凉州、肃州、永昌、民勤地区创建根据地，不到万不得已时不放弃凉州、永昌。当即将这一意见报告了中央。

15日，中央电复西路军，同意向凉州前进，并说新疆接济正准备中。

得到中央的明确电复，徐向前立即将部署做了调整，命令部队迅速西插。13日，九军进占古浪城，吸引了马家军向古浪地区集中。三十军乘虚向西疾进，先围凉州，进占城西四十里铺。当时，马步青就在凉州城内，兵力空虚，见西路军大队人马绕城行进，吓得连夜组织民团、商团登城点起无数的灯笼，虚张声势。后接到西路军派人送去的函件，知是借路打通抗日路线，只要不做对抗和追击，红军便无夺取凉州之意，才松了一口气，终日紧闭城门，作壁上观。三十军继以一部西进，18日克永昌，21日克山丹，控制了河西走廊的中间地带，为全军开辟了西进的通道。随后，徐向前令五军跟进，去山丹接替三十军防务。三十军集中在永昌至凉州西北四十里铺一线，休整待命。

此时，出人意料，九军在古浪遭敌包围，一仗下来，兵力损失达三分之一，给整个战局带来了不利的影响。

古浪战斗的失利，使九军减员增至三分之一，排以上干部伤亡极大。军参谋长陈伯樨、二十五师师长王海清、二十七师政委易汉文等壮烈牺牲，军长孙玉清负伤，部队元气被严重挫伤。

这时，中革军委来电，要求西路军停止西进，在永凉地带建立根据地。陈昌浩表示，西路军在这里建立根据地不成问题，能够完成任务。徐向前则认为西路军立足未稳，难以在此建立根据地，与陈昌浩发生激烈争论。

为争取主动、摆脱困境，徐向前于11月24日亲自起草电文向中央反映实际困难情况，请求重新考虑西路军行动方针。陈昌浩也在电文上签字同意上报。

25 日，中央复电，仍要西路军就地坚持，打开局面。并说："毛炳文东撤利于你们发展，在你们打破马敌之后，主力应准备东进一步，策应河东。"

西路军屯兵永凉地带，南迫西宁，北慑宁马，东窥河东，像是在甘、青、宁四马之间钉进一个楔子。甘肃、青海"二马"（即马步芳、马步青）受到威胁最大。他们还怕西路军迟迟不走，蒋介石就会以"剿共"为借口，派嫡系部队深入河西，那样连马家的"祖业"也被蒋霸占了。因而，连原来答应对西路军采取妥协让路方案的马步青也改变了态度，加紧了同马步芳的联合。他们以骑兵为主力，配以大批民团，兵分三路，向西路军展开了新的攻势。

徐向前就是在这样的情势下，指挥部队顽强抗击敌人。从 11 月下旬至 12 月上旬，经凉州西北四十里铺之战、永昌东南八坝之战、永昌以南水磨关之战、永昌之战、山丹之战，先后共歼敌 6000 余人。但因自身有耗无补，大量减员，负伤和病号达 2000 多人。气候越来越寒冷，部队越来越饥疲，死死蹲在一条狭长的"弄堂"里，被动挨打。

这时，中共中央曾征求西路军领导人的意见：能否以一部东进抵兰州附近，在西北军于学忠处补充子弹、被服，随后东渡黄河，策应河东。

西路军之前已根据军委主席团的先前电令，做了西进的部署和准备；这时又要考虑东进，军政委员会展开了争论。会上，多数人主张按原计划西进，取得苏联接济后，再向东打。陈昌浩主张一部兵力东进，到兰州补充子弹、被服。徐向前认为，目前马敌的主力正集中在东边，而西面则是敌人防堵比较薄弱的环节，西进最为有利。如果东进，势必与优势敌人决战，根据西路军目前的实力，很难有把握取胜。要战胜马敌，须电请中央由兰州友军派出一部兵力西进古浪一带接应。会议最后决定，将上述意见报请军委主席团酌定，同时暂停西进的动员准备工作。24 日，军委主席团电告西路军："在整个战略方针上看来，西路军以东进为有利。""你们接电后两天内，准备一切意见电告，正式的决定命令明天或后天电达。"25 日，西路军军政委员会复电："目前时局的开展，西路军利于东进，我们当坚决执行此任务。"徐向前连夜调动队伍，准备东进击敌。

在红五军军部担任参谋的李振亚，经历过红七军转战 7000 里的血的教训，对于中央和西路军领导决策层的东返和西进的反复，有一种强烈的危机感。他见军长董振堂在军部沉默踱步，就对董振堂说："军长，部队不进不退是一种危机，这不是我们红军战斗的特色。"董振堂瞧了他一眼，说："我们对上级的战略决策能知道多少？为党为人民血战牺牲也是值得的！"李振亚不再说话。

1937 年 1 月上旬，徐向前指挥西路军连克高台、临泽（今蓼泉），筹粮休整。五军主力驻高台，总直机关及五军一部驻临泽，九军驻沙和堡（今临泽），三十军和总指挥部驻倪家营子。三十军是当时人数最多、战斗力最强的一个军，摆在东边负责掩护全军，阻击追敌。徐向前、陈昌浩计划部队稍做休整后，便继续西进取肃州、安西，力争短期内取得苏联的接济，恢复部队的元气。

但是，这时河东局势又突然发生变化。蒋介石背信弃义，在南京扣押和"审判"张学良，同时调集 40 多个师的兵力进逼西安。内战乌云，再次出现在陕甘上空。中共中央一面揭露蒋介石的阴谋，一面与东北军、西北军联合部署，准备粉碎蒋介石的军事进攻。中共中央和军委决定，西路军暂勿西进，留高台、临泽地区建立根据地，待机策应河东。5 日，军委电令西路军："即在高台、临泽地区集结，暂勿西进。"7 日、8 日又连电西路军，要其集中全力击退尾追之敌，"动员全军在临、高地带，以消灭敌人来完成创造根据地的任务"。徐向前、陈昌浩建议调四军、三十一军西进来援，与西路军共同夹击马步青和马步芳，以保证这一任务的完成。军委因四军、三十一军正在三原、淳化一线策应友军，无法抽调，故电令西路军加强团结，紧缩编制，人自为战，克服一切困难，独立完成任务。

徐向前、陈昌浩不了解河东的战略部署，对军委给予西路军的任务一再变动提出了意见。张国焘即以个人名义发电给西路军领导人，强调"军委对西路军的指示是一贯正确的，对西路军是充分注意到的"，甚至批评西路军领导人"如果还有因过去认为中央路线不正确而残留着对领导的怀疑，是不应有的"。要求他们"应当在部队中，特别在干部中，提高党中央和军委的威信"。

1月16日，军委主席团电示西路军："目前关键在西安，西安局面如果转向有利发展，将使二马难于积极对付西路军。""同意西路军在现地休整一时期，集中全力乘机向东打敌，争取尔后以一部西进条件下，并大大向东扩展甘北根据地。"徐向前、陈昌浩有苦难言，决定咬紧牙关，二话不说，坚决执行军委主席团的决定，在临泽、高台地区坚持下去。

红军攻克临泽、高台后，国民党马步芳、马步青不甘心失败，又集结正规军2万余人，调集青海湟中、湟源等地民团20多个共3万余人，兵分两路，一路出兰州，一路北出扁都口，向西路军凶猛扑来。马步芳亲自督战，用部分兵力切断高台红五军与临泽、倪家营主力的联系。集中马彪、马起、韩起禄、韩三成4个骑兵旅、3个步兵团和大部民团共2万余兵力，全力围攻红五军。

马匪从1月12日起，采取步步为营，层层包围的办法，逐步向高台县城进逼。红五军军长董振堂看出了敌人的阴谋，当时由于电台不在高台，无法与总部研究对策，做了守城的部署。许多群众抬石头，献木材、箱、柜等，帮助红军修工事。西关财神楼改为大碉堡制高点，由四十五团的一个排坚守。董振堂带兵守东城，杨克明率部守西城。

1月15日，激烈的战斗已进行4天，守城红军打退敌军一次又一次进攻，歼敌600多人，自己也受到很大的伤亡。

董振堂（1895—1937）

再血战数天，红五军在城内的主力已大部牺牲，董振堂感到难以固守高台，便命令李振亚带几个人连夜突围向西路军总部报告。他说："我可以牺牲，但高台必须守住！"李振亚深夜突围回到总部，报告了董军长的请求。

1月20日晨，敌人集中全部兵力，用人海战术从四面发动攻势，红军指战员英勇顽强，浴血奋战。子弹打光了用刺刀、枪托拼杀，手榴弹打完了用石砸、刀砍、矛戳，2000多具敌尸被丢在城外。红军以疲惫之师孤军奋战，伤亡也很惨重。子弹打光了，石头砸完了，刀砍断了，红军指战员就拳打、口咬敌人，有的和敌人滚抱在一起跳城同归于尽。最后终因力量悬殊，城南接合部缺口处被敌人攻破。接着，又展开了激烈的巷战。杨克明在率领军直属战士增援西关途中中弹牺牲。董振堂手持双枪，带领身边仅有的4名战士边打边向城东南角冲去，途中两名战士中弹牺牲，董振堂的腿部也中弹负伤，这时他命令身边仅有的一名战士赶快突围，自己做掩护。该战士坚持与他同走，他厉声斥责"快撤"，战士才含泪离去。敌兵见他不能行走，叫唤着"抓活的"围了上来。董振堂顽强地爬了起来，将左手枪弹尽数射出，打倒几个敌兵，右手持枪对准自己，饮弹殉职。至此，城内巷战已进行10余小时，枪声、喊杀声渐停。红五军2800多名指战员，除个别被群众掩护突围，其余全部在高台壮烈牺牲。

在高台战斗的危急时刻，总部得到李振亚报告后，立即派骑兵师前来增援，在明水滩一带与敌相遇，发生激战。师长董俊彦、政委秦道贤等大部指战员英勇战死，增援未果。

李振亚参加了高台战斗和增援部队战斗，左手负伤，但两次都突围成功，与红五军参谋长毕占云和部分红军战士回到倪家营西路军总部。

1937年1月21日，马家军以5个多团的兵力攻打临泽县城。驻守临泽城内的除总部机关、直属部队以外，主要的战斗力量居然只有一个连。而且，此城也已被马家军围困多时，周围的红军部队都已先后撤离。

留在城内的最高指挥官是总供给部部长郑义斋。大敌当前，郑义斋连想也没有多想，立即在临泽城内老庄为铺召开紧急会议。会议有机关各局负责人、妇女独立团团长李媛泉和政治委员吴富莲、兵工厂厂长、警卫连干部和医院的院长等人参加。红军干部们坐了满满一院子。会上，郑义斋庄重宣布："总部主力正在转移，临泽城只剩下同志们领导的分队。总部命令我们最少坚守3天，拖住敌人，掩护总部撤退。3天之后自行突围！"

"秦基伟！"郑义斋高声一喊。"到！"秦基伟应声而起。

"我代表总部首长，任命你为临泽城守城总指挥！"郑义斋神色庄重，一字一板地宣布道。"是！"秦基伟也是一脸凛然，郑重接受。

正式任命完毕，郑义斋的嗓门低了下来，目光湿润地说："秦基伟同志，我把临泽城交给你了，供给部坛坛罐罐一大摊子，还有医院、妇女独立团，全交给你了！你有什么话说吗?"

"只要我秦基伟不死，临泽必在！如果突围，老秦殿后！同志们听我的指挥，就是我的好兄弟、好姐妹。谁若自行主张，坏我大事，死路一条！大家向部队说明白了，我秦基伟打仗有两支枪，一挺机枪和一把手枪，机枪是打敌人的，这手枪嘛……"说到这里，秦基伟略一沉吟，剑眉紧锁，手击桌面，"我的手枪是专打逃兵的！"

血战到第三天，整个临泽城在枪炮声和喊杀声中战栗。数次攻城没有得手，马家军的指挥官恼羞成怒，组织了个督战队跟在攻城部队屁股后面，用冲锋枪督战。秦基伟倒是不慌不忙。为了节省子弹，他要求部队开展近距离射击，并命令妇女独立团和兵工厂全部上阵，主要用大刀和石头作战。战斗进入最紧张时刻，秦基伟指挥部队将全部土炸弹运上阵地。他亲自做了一个精彩的实战示范，并命令战士们停止反击，静候敌人进攻。等马家军顺着云梯爬上半腰时，他和几名战士各拎着一串土炸弹，走到垛口处，将土炸弹投向马家军，一打一个准。警卫连的战士守在薄弱环节上，看见敌人架云梯，并不急着打，等敌人靠近了，上多了，一齐出动，用钩子撑住云梯，发一声喊，将云梯掀翻。妇女独立团女兵们手中的石头和土炸弹随之倾泻而下。

第三天深夜，大雪纷飞。秦基伟留下一个班在北面故意弄出一点声响，造成北面突围的假象。待马家军的注意力集中到北面后，秦基伟大手一挥，部队像箭一样钻进苍茫夜色之中。待马家军发觉，部队已进至南沙滩间。秦基伟率一个班殿后，且战且退，与追敌周旋了一阵子，终于将敌人摆脱，赶到了倪家营子。

徐向前将兵力向倪家营子集中，就是为了突破马敌的重兵围堵，执行东进任务。

根据军委主席团的指示，1月21日，徐向前、陈昌浩决定率部东返。致电军委："决今晚全军集结出动，走南大路，以十天行程达到古浪、土门地区，尔后向平番或靖远集中。"23日，西路军总指挥部率三十军全部到达西洞堡，王树声率九军进至龙首堡，拟稍加休整，继续东进。24日，徐、陈电告军委："我方基本上坚决执行东进计划，但因情况变化，可能折转西进，或取民勤抢占定远营，或绕道大通再到西宁或平番。"军委当即电复西路军：你们行动方针，以便利击敌保存实力为目的，行动方向由你们自决。"如你们决定东进我们是赞成的，当派三十二军、二十八军适时到靖远河边，策应你们过河。""为便利作战计划，彩病、小孩、妇女望设法就地安置。""应集结全军，切忌分散，用坚决战斗来完成东进。"同时，中央电示在南京的潘汉年转告蒋介石：西路军东进，并非增援西安，而是就粮困难；如蒋令马家军停止进攻，让出凉州及其各城给西路军，使该军有粮可食，即可停止东进。

1月27日，敌马元海令其第一百师手枪团和青海省宪兵团向西洞堡红军阵地袭来。敌步骑配合，分左右两翼围攻。三十军政委李先念见敌人兵力不多，提议组织反击，歼其宪兵团一路。徐向前在电话里详细询问了敌情和三十军的作战计划，高兴地说："我批准你们的计划，命令部队出击！"

下午3点多，以八十八师、八十九师为主力的出击部队在响亮的军号声中冲出围庄，向宪兵团猛扑，将敌包围在空旷的戈壁滩上。敌左翼骑兵部队见西路军突然出击，慌了手脚，快马加鞭，一哄而逃。徐向前令三十军争取时间，速战速决，全歼敌人。敌宪兵团虽全是日式装备，但兵员多系缺乏实战经验的青年学生，突遭猛虎般的西路军指战员的包围和袭击，早已吓得晕头转向。不到4个小时，战斗即胜利结束，800多敌人被歼，红军共缴枪

1200余支，并获被服、军毯、罐头等大批军用物资。但此时，发现西路军企图东进的马步芳已在东面调集重兵堵截。徐向前、陈昌浩考虑，西路军立即东进危险甚大，决定暂回倪家营子，伺机行动。

1月29日，马元海电告马步芳：红军大部离开甘新公路进入甘州南的倪家营子，占堡寨43处，星罗棋布于周围5公里之地，总人数约有1.3万人。马步芳急于消灭红军，向蒋介石邀功请赏，遂将其防堵红军的主力及大量民团火速向倪家营子地区集中，对西路军展开了全面围攻。从2月1日起，敌先后投入的围攻兵力有6个步骑旅及大量反动民团共7万多人。西路军以寡敌众，与敌展开了一场为期40天的大血战。

西路军总指挥部设在下营子中心地带的一个坚固屯庄——廖家屯。徐向前为集中兵力，形成拳头，将部队收缩在下营子地区，以三十军扼守西南方向，九军扼守东北方向，两军阵地相接，构成了一个椭圆形的坚固防御体系。敌人的马队整天像潮水似的向西路军的阵地不停地冲击。五颜六色的黑马营、花马营、白马营、红马营的骑兵，奔驰在戈壁滩上发出震人肺腑的嘶鸣，冲上来又退下去，退下去又冲上来。他们疯狂、残忍、野蛮至极，不分男女老幼，见人就砍。西路军的指战员们胸中燃烧着杀敌复仇的怒火，以压倒一切敌人的英雄气概与敌人血战。每个屯庄周围，每个指战员的面前，都是埋葬敌人的坟场。他们的子弹打光了，就用大刀、长矛、木棍、石头、树杈同敌人拼搏。围墙被炮火轰塌了，血肉就是屏障，前面的人倒下去，后面的顶上来，负伤倒在地上了，仍握紧武器，单等敌人来到跟前，拼上最后的力气搏杀。武器没有了，就抱住敌人用牙齿咬，用手撕，拔掉敌人的胡子，扼住敌人的喉咙，咬掉敌人的耳朵、鼻子、手指。在这片战场上，没有男和女、中壮年和青少年、轻伤员和重伤员、战斗人员和勤杂人员的区别，人人都是威武不屈的战士，他们用生命、理想迸发出的全部力量，以一当十、以百当千，与数倍于己的敌军反复拼搏，日夜厮杀。

战至2月中旬，西路军在倪家营子先后击退敌人的大规模进攻达八九次之多。总计毙伤敌前线总指挥马元海以下万余人，取得了惊人的战绩。但西路军自身伤亡亦大，兵力已不足万人，彩病号占三分之一。军政委员会讨论了当时的处境和行动方针，除陈昌浩外，一致支持徐向前的突围自救意见。最后，陈昌浩才勉强做出了突围的决定。

西路军突围进至威狄堡地区，又受敌阻。徐向前主张向祁连山转移，但陈昌浩反对所谓"右倾逃跑"，又决定连夜回师，继续固守倪家营子，这就注定了他最后失败的命运。

敌人的围攻又开始了。他们依仗众多的兵力，对西路军层层包围，多路突击。许多屯庄的围墙、房屋已残破不堪，西路军指战员依仗断垣残壁坚守，伤亡越来越大，形势越来越险恶。敌人的进攻不仅限于前沿屯庄，而且往往直插纵深，对红军心脏地区和后方的屯庄进行包围和突袭。廖家屯仍是徐向前和总指挥部的所在地，也屡遭敌人围攻。在最危急的时刻，徐向前上到房顶指挥战斗。他从这个房顶跳到那个房顶，指挥部队打击冲进屯庄的敌人。24 日，西路军电告中央军委："敌骑日夜接近，步骑炮集中日夜交战，西路军不战胜此敌，必有极大牺牲，西进不可能时，东进亦不可能。"请求军委派 8 个团以上的兵力西进向凉州地区进攻，以救援西路军。"不然我们只有抱全部牺牲决心，在此战至最后一滴血而已。"26 日，军委主席团复电："甲、固守五十天。乙、我们正用各种有效方法援助你们。"

经 7 个昼夜的血战，陈昌浩眼看部队损伤惨重，待援又无希望，这才和徐向前一同下决心，下令再次突围，向祁连山转移。陈昌浩这时也深刻地感到，重返倪家营子是最大的失策。徐向前没有埋怨他。

中共中央和军委对西路军的危难处境极为忧虑。除紧急指示在西安谈判的周恩来强烈申述中共中央的严正要求，要蒋介石履行诺言，勒令二马立即停攻西路军外，于 2 月 27 日决定组成援西军，委任刘伯承为司令员，张浩为政委，出兵增援西路军。但指示以不影响和平大局，不使增援军又陷入困境为前提。3 月 5 日，军委命令援西军从淳化、三原出动，向镇原方向开进。周恩来也在西安向顾祝同申明了援西军西进的理由，要国民党政府从两党共同抗日的大局出发，令二马立即停止进攻西路军。但这时显然已无法扭转局势了。

西路军从倪家营子再次突围后，急速转移到临泽以南的三道流沟地区，又被大批追敌包围。

三道流沟，是由东、南、西三条低洼的古流水沟形成的一块狭长地带，每条流沟里都坐落着一些稀疏的堡寨和房屋。流沟周围多是戈壁滩和沙漠。被围在这里，大家已精疲力竭。听到军委已派出援西军的喜讯，无不高兴。徐向前、陈昌浩决心坚守防御，"死斗待援"。近8000人被围困分割在三条流沟里，整天被敌用"羊群式"的战术，轮番猛攻。太阳被硝烟尘土掩得暗淡无光，战地处处是刀光血影和凄厉的马嘶声、喊杀声、爆炸声、枪炮声。待援无望，激战5天后，徐向前和陈昌浩命令部队突围，向祁连山里转移。

12日，中央电示，为保存现有力量，西路军一是冲向蒙古边境，一是就地分散游击。黄昏时分，徐向前带着西路军仅剩的3000多人边打边撤，13日进入山里的康龙寺地区。翌日，敌追兵又至。徐向前一直指挥在战斗的第一线。经一场血战，担任掩护任务的二六五团和二六七团又遭重大损失。部队被敌人冲散，已不成建制，纷纷向祁连山上败走。

李振亚跟着红五军参谋长毕占云和突围战士，作为西路军总部警卫部队行动。他们决心与总部共存亡，作战到流尽最后一滴血。

这时，陈昌浩以西路军军政委员会主席的身份，在康龙寺南石窝山顶召开有部分领导人参加的紧急会议。会议讨论确定的问题是：一、现有部队分散游击，坚持斗争；二、徐（向前）、陈（昌浩）脱离部队，返回陕北向党中央汇报情况；三、组成西路军工作委员会，统一领导各支队的行动。

会议进行的中途，陈昌浩派人找徐向前到会。徐向前同意部队分散突围打游击，但不同意他离开部队。他说："这支部队是我们从鄂豫皖带出来的，到了这个地步，我们回去干什么？大家都是同生死、共患难过来的，要死也死到一块嘛！"但是，陈昌浩带着不容分说的口气又说："这是军政委员会的决定。向前留在军中，目标太大，很不安全，不利于部队的分散行动。"这话当然也指他自己。

"你们走吧，赶快回去向中央汇报去。"还有人这样提出。

经过一番争论，会议终于还是做出了徐、陈离队的决定，并当即向中央发电报做了报告。会议还决定由李卓然、李先念、李特、曾传六、王树声、程世才、黄超、熊国炳8人组成西路军工作委员会，由李先念统一军事指挥，李卓然负责政治领导。把西路军余部编成3个支队，分两路行动。一路由王树声率领，由康隆寺向北依托祁连山打游击；另一路由李先念率领，从康隆寺向南深入祁连山区。再一支是干部游击支队，由毕占云为支队长，政委是西路军保卫局局长曾日三，参谋长李振亚，领导成员有张琴秋（陈昌浩爱人）、欧阳毅、刘瑞龙、张然和等师团干部10多人。

曾日三、毕占云率领着100多人的游击支队在冰天雪地的祁连山转圈，希望能找到一个山口突围出去。可是每一个山口都被敌人死死地封锁住，插翅难飞。李振亚向毕占云建议，先搜寻在祁连山散落的红军部队，集中一定兵力和武器，选择敌方山口兵力薄弱的地方进行突围。

这时幸元林率领的一个小游击队在祁连山活动，难以坚持了。他听说干部游击支队在附近，便派人来联系，要求把他的游击队归入干部支队，以摆脱困境。

毕占云考虑，多一个人就多一分突围的力量，多带一个人突围出去便为革命多保存一分力量，于是决定派欧阳毅去收编这支游击队。

当天晚上，欧阳毅住在幸元林的游击队里，商量改编事宜。第二天早上，天刚蒙蒙亮，欧阳毅与幸元林正在研究整编细节，他的警卫员小宋就喊叫起来："局长，不得了！支队长跑来了，跑得好快呀，后面还有敌人骑兵追哩！"幸元林率领小游击队占领前面的小山坡，堵截敌人。毕占云和欧阳毅、警卫员3匹马飞跑，到一座大山弃马爬上大山山梁。敌人在山下抢夺马上的财物，不再往上追赶。

在山梁的洞穴，欧阳毅问毕占云为什么只身被匪军骑兵追杀。

毕占云沉痛地说："昨夜被马匪骑兵偷袭支队，李振亚参谋长恐怕牺牲了！"

原来，就在欧阳毅离开支队部到幸元林部商谈收编事宜时，李振亚对周围敌情变化很担心，他特别安排从只有百多人的连队中抽出一个班守卫支队部，要求加强巡逻和部署暗哨。半夜，敌骑步兵约一营兵力突然袭来，与毕占云同住一室的李振亚听到枪声就一跃而起，对毕占云说："毕支队长赶快撤退，我来阻击敌人，到幸元林处会合！"他带领一个警卫班在支队部周围阻击敌人。当时队部仅有一挺机枪，被李振亚手提着不断向敌人扫射。他利用黑夜不断变换地形杀敌人。游击支队同志在他阻击敌人的火力下，也分别突围分散撤走。

李振亚突然被敌人掷来的手榴弹炸中，震伤头部，立刻昏迷过去。

李振亚醒来时，已被关在敌人的监狱中。毕占云和欧阳毅在风雪祁连山分手，分别沿途乞讨，经历风雪和饥饿、敌人不断的扣查，辗转来到延安。

李振亚在狱中醒来，知道已陷入敌手，心中怀着必死的信念，决定在狱中要与敌人做斗争。由于被俘人员中有人叛变，供出他是红五军的参谋。敌人认为他知情不多，也较少对他做严刑审讯。他在狱中加快身体恢复，准备组织同志们越狱。

李振亚在狱内放风时见到徐立清、刘瑞龙、秦基伟、方强、卜盛光等人，知道关押红军战俘的是张掖监狱，俘获他们的是马禄的队伍。马禄在同西路军作战时，曾有一次被包围，几近全军覆没。西路军首长从抗日大局出发，向马禄晓以大义，双方达成默契，大路朝天各走一边，红军放了马禄一条生路。马禄出于感恩，或许本身对中国革命有同情倾向，所以才没杀红军俘虏。

在原红四方面军总医院政委徐立清等人的组织下，成立了张掖狱中支部，李振亚成为狱中支部领导。支部的工作中心很简单也很明确，就两条：一是教育全体被俘的红军官兵，保持革命气节，誓死不当叛徒。如果被敌人杀害，要喊口号，要让群众听到红军的声音，知道某年某月某日马家军杀了红军多少人，待以后红军的队伍来了收尸报仇。二是做好暴动准备。只要有机会，就组织大家逃跑，能跑多少跑多少。跑出去后就地发动群众，开展武装斗争。然后向东寻找红军主力，再赴抗日战场。在西北马家军监狱里的这些共产党人的信念是坚定的，他们为抗日而求生的愿望也是现实的。

就在西路军红五军在高台浴血奋战、全军覆没时，中央军委发出了《军委主席团关于组织援西军问题给彭德怀、任弼时的指示》，决定立即组成"援西军"，对西路军进行援救。援西军由四军、三十一军、三十二军、十八军和骑兵团组成，刘伯承为司令员，张浩任政委，左权为参谋长，刘晓为政治部主任。其中，红四军、红三十一军也是红四方面军的队伍。

1937年3月5日，刘伯承率援西军从陕西淳化、三原地区出发，日夜兼程向西挺进。3月10日左右，部队经肖金镇、电字镇到达甘肃东部的镇原县。3月中旬，从各军抽调干部组建了司令部和政治部机关。3月13日，刘伯承突然接到了一份党中央的电报。他一看电报内容，不敢耽搁，立即下了两道命令：一是"停止前进"，二是"团以上领导集合"。

在一座普通宅院的普通房间里，刘伯承脸色铁青，传达并通报有关情况："……红四方面军总部率2.1万人，从甘肃靖远县虎豹口西渡黄河，击溃了马步青骑兵第五师马禄旅的河防部队，节节向前推进……西路军将士英勇进击，连克古浪、永昌、山丹、临泽等城镇，到1937年1月，已打到高台县境。但孤军远征，消耗难以补充，又正逢冬季，给养、被装更为困难，一路上损失颇大……西路军将士浴血奋战，给敌以重大杀伤，然而自己也损失严重。1937年1月底，全军仅剩八九千人，退守到祁连山区掖县倪家营子……部队连续苦战，终因弹尽粮绝，于3月中旬失败。第五军军长董振堂、政委杨克明、第九军军长孙玉清、政委陈海松、方面军供给部部长郑义斋等高级干部均壮烈牺牲……"通报未念完，一颗泪珠滚落在电报上，刘伯承闭上仅有的一只眼睛，哽咽着，再也念不下去了。围坐在四周的近百名团以上军官先是目瞪口呆，紧接着放声大哭，悲痛不已。

根据党中央关于"援西军全部在镇原、青石嘴线停止待命，加紧训练"的指示，援西军中止西进，驻扎在西峰、镇原、固原地域，负责营救和收容西路军失散人员，开展地方工作。当时他们在面向祁连山的条条道路上开设了3个招待所，数十个收容站，插上了千百个路标，全力呼唤那些衣衫褴褛、九死一生的英雄。

此后，刘伯承终于接到西路军前敌总指挥徐向前。徐向前将部队交给李先念率领，自己根据中央的指示到延安汇报情况。一个多月以后的 4 月 29 日，徐向前在小屯遇上了带侦察分队执行任务的红四军参谋长耿飚和刘志坚。4 月 30 日，刘伯承派人把徐向前接到援西军总部镇原。当晚，任弼时、张浩、杨奇清等人闻讯赶来，欢迎徐向前的归来。徐向前向大家介绍了西路军在河西走廊的血战情况，当谈到祁连山分兵、几乎全军覆灭时，眼泪在他眼眶里闪动，几乎说不出话来。刘伯承说："胜败乃兵家常事嘛。你是四方面军的旗帜，你回来了，就等于西路军回来了，休整休整，咱们一块儿再干！"

5 月 5 日，中共中央获悉一个情报：部分西路军战俘将由兰州押往西安。国共两党已开始谈判。中共在兰州、西安等地设立了办事处，正在同国民党交涉，要把关押在西北监狱里的红军官兵全部要回，送往延安。不久，事情果然有了眉目。

但是，并不是所有的人员都送往延安。国民党采取了两面手法，要把红军干部送到南京感化院去"换脑子"。刘伯承的援西军决定在这次转送途中救援被押往西安的红军将士，立刻策划开展全面迎救。

国民党计划于 5 月下旬把被俘关在兰州的西路军 1300 多人分编为军官队（100 多人）、士兵队（1200 多人），由西兰公路解送西安。国民党的九十八师派了一个营约 500 人的兵力负责解送。押解队伍于 5 月下旬从兰州出发，9 天后到达平凉，在平凉飞机场由九十八师移交给四十三师。

移交第二日上午，由平凉解送将至四十里铺时，国民党四十三师的押送人员发现，有一些三三两两的骑自行车小贩模样的人出现在西（安）兰（州）公路上。当押解队伍在路边小铺子休息喝茶时，这些人便推着自行车，向他们招揽生意："喂，老总，买几个锅盔吃吃吧，走路肚子饿得快，很便宜，一角钱 10 个。"更奇怪的是，他们买锅盔时，俘虏要一个，小贩模样的人却给两个，甚至还给三个呢。每当递给锅盔时，总是要使个眼色说："好好看看，这是两个，这是三个。"他们让每个人都买了锅盔，才推着车子走了。

李振亚就在这批被解送的人之中。军官队监狱党支部领导从被俘的同志手中偷偷掰开锅盔一看，中间夹着两块钱和一张纸条，上面写着"四十里铺以东便是游击区"，落款写着"援西军侦察员"。到达四十里铺时已夕阳西下，各队吵着要吃饭。饭后即停止行进，就地宿营，分住在老百姓家里，各家早有援西军的侦察联络人员，指点逃跑的方向路线。晚上 9 点多，雷电交加，风雨大作，乘敌人守备松懈，军官队和士兵队的大部分战士在援西军联络人员的带领下，冒着滂沱大雨连夜渡过泾河，向东北爬上草峰原，翻过潘阳涧，先后到达镇原，全部回到了援西军总部。

李振亚来到援西军总部，伤心地痛哭一场，经历千辛万苦和屈辱，终于回到党的怀抱，回到红军的队伍。

十、训练游击战

李振亚到延安后，向党组织详细汇报了随西路军西征的艰苦经历，受到了有关领导的亲切慰问。不久，他被分配到中国人民抗日军政大学（以下简称"抗大"）第三大队第五中队任中队长兼教官。

当李振亚走进校门，就听到《抗日军政大学校歌》的歌声：

黄河之滨集合着一群/中华民族优秀的子孙/人类解放救国的责任/全靠我们自己来担承/同学们努力学习/团结紧张严肃活泼/我们的作风/同学们积极工作/艰苦奋斗英勇牺牲/我们的传统/像黄河之水汹涌澎湃/把日寇驱逐于国土之东/向着新社会前进前进/我们是劳动者的先锋！

他的心中有一种深深的激动，从心底发出了欢呼：我们党和红军终于走向强大，我们一定能战胜日本帝国主义！

中国抗日军政大学校门

进入红军学校，李振亚并不陌生，他进过红军的步兵学校，并且曾经担任教员，在叶剑英校长的指挥下，他参加了第四次反"围剿"战斗。但这次参加抗日军政大学与过去有所不同，因为知识分子较多，如何让他们适应战争形势，是一项崭新的任务。

抗大每期学习期限为4—8个月。在军事干部编队中，军事技术战术训练和军事操课时间占全部学习时间的三分之二，政治课占全部时间的三分之一。在政治干部编队中，政治课占三分之二，军事课占三分之一。

李振亚的第五中队学员都是营连干部，大部分是军事干部。他对学员除了进行日常管理，就是军事训练。他是军事训练的教官，针对学员许多都经历过单兵刺杀和掷手榴弹的训练，他把训练重点放在战场的战术训练上，教会这些基层指挥员如何判断战场形势去调动兵力进行战斗。除了军事训练，他特别强调学文化。他说，不识字，就无法学习文件和理论，军事理论和政治理论无法提高，就不能适应革命需要。他关心学员生活，每晚必定到学员宿舍查铺，发现病号则加以照顾。这些营连干部对他都心悦诚服。有一次，几个学员私下议论，有人说："中队长确实有水平，听说他在红军还是当大官的！"另一个说："什么听说，他就是红三十三军参谋长，所以水平高。"

这时李振亚刚走过，听到他们议论，就笑着对他们说："干革命就是要服从组织需要。你们这些营连干部都是老红军，来学习不也是当战士睡通铺？"大家都哈哈笑起来。

李振亚领导中队的学员除了学习、训练，还有一个任务是挖窑洞。学员多了，住房非常紧缺，毛主席说自力更生，自己动手打窑洞。延安有个好条件，用镢头挖个窟窿就能住人，冬暖夏凉。于是，学校号召全校教师、学员发扬抗大艰苦奋斗的优良传统，自己动手挖窑洞。大家积极响应学校的号召，立即行动起来。开学不久，全校千余师生拿起镢头、铁铲，浩浩荡荡地开赴城北门外凤凰山，在左边半山腰上开始挖窑洞。学校领导都参加劳动。在劳动中，有 500 多个学员是青年学生中队，他们写词谱曲，教会其他中队学员唱歌。在劳动中一边劳动一边歌唱，歌声响遍黄土高原，使人在劳动中产生一种革命的自豪感。

李振亚感到参加红军以来，这是他最欢乐自豪的日子。

经过半个月的突击劳动，学员们修出马路 3000 米，新挖窑洞 175 个。整齐排列在半山坡上的土窑洞，气势不凡，夜晚窑洞透出的点点灯光，给延安古城增添了光彩。学员们自豪地说，我们的窑洞大学开学了。11 月 14 日下午，学校举行了新校舍落成的盛大典礼。

李振亚在抗大与大队长庄田结下了深厚的友谊。庄田出生在海南岛农村，很早就到新加坡橡胶厂打工，后来在荷兰洋船"生计"号货轮当锅炉工，后加入共产党，在英国"丰平"号货轮工作，担任秘密党支部书记。不久，被党派遣到莫斯科步兵学校学习，后回国参加红军，在红军学校参加过第四次和第五次反"围剿"战斗，长征中任红九军八团政委，后调入红四方面军参加西征军受挫，辗转回到延安，在抗大第三大队任大队长。他是李振亚的上级。由于他和李振亚有相同的战斗经历，所以在生活中特别谈得来，他们都敏锐地察觉，在敌强我弱的抗日战争形势下，运用好游击战是取胜的重要途径。

庄田和李振亚常常在一起研究朱德和毛泽东关于游击战术的理论和实战经验，为今后他们指挥战斗打下了坚实的基础。

不久，李振亚奉调到十八集团军总部担任参谋工作。组织上要他把参加红七军以来的名字（李荣）改为李崇或李伯崇。

1938年11月25日，蒋介石在湖南南岳召开最高军事会议，周恩来、叶剑英参加了会议。会议提出抗战进入第二期"游击战重于正规战"的方针，为了开辟敌后战场，广泛开展游击战争培养干部。会议决定在南岳创办游击干部训练班，调训各战区军政干部。

1939年4月，叶剑英与参加游击干部训练班的八路军军政教官在一起

（左起：吴奚如、叶剑英、李振亚、李涛、边章五、薛子正）

中国共产党派到南岳参加游击干部训练班工作的有30多人，叶剑英任代表团团长。中共教官负责"游击战的战略战术"和"游击战的政治工作"这两门主要课程的教授和训练。具体分工是：叶剑英主讲"游击战概论"，边章

伍、李振亚、薛子正讲授"游击战的战略战术"，李涛、吴奚如讲授"游击战的政治工作"。其中，由叶剑英讲授的"游击战概论"和政治课在干训班影响最大。经集体讨论、研究，编写出的《游击战术讲义》和《抗日游击队政治工作教程》被用作学员教材。

叶剑英每星期讲课两次，听众很多，有时达两三千人。连国民党军第九战区的一些军官也慕名从衡山赶来听课。当然，来听课的人动机并不相同。据沈醉回忆，戴笠听说叶剑英等在南岳讲课，便很想把中共打游击的一套办法学过来，于是设法派军统临澧特别班的两个副大队长到训练班工作、听课。当时来听课的，甚至还有南岳各寺庙的和尚。课堂容纳不下时，就在外面广场讲大课。叶剑英上课时通常穿那套褪了色的军装，讲得深入浅出、通俗易懂。他那精辟的见解、出色的口才、儒雅的风度，深深吸引了所有在场的听众。

叶剑英不仅讲游击战，而且讲军民团结，讲坚持抗战的道理。有一次，他讲到军民关系，用鱼和水的关系说明进行游击战必须紧紧依靠群众，在敌后作战一时一刻也离不开群众。汤恩伯在旁听了，用手指着叶剑英对学员们说：过去我们为什么老打不过他们呢？因为他们同群众是鱼水关系呀。

李振亚作为上校教官，负责讲授"游击战的战略战术"，他和薛子正撰写的《游击战术讲义（摘要纲目）》就有 12000 多字。由于他有丰富的作战经验，课讲得生动活泼，学员们非常爱听。

李振亚从毛泽东关于游击战术的理论中总结出运用游击战的精髓。他说：1930 年冬天，井冈山上的毛泽东曾写过一副对联："敌进我退，敌驻我扰，敌疲我打，敌退我追，游击战里操胜算；大步进退，诱敌深入，集中兵力，各个击破，运动战中歼敌人。"后来上联就形成了著名的游击战十六字诀。

他说，1934 年，毛泽东还写过一本专著，名字就叫《游击战争》。抗战期间，陈伯钧选择其中一部分，改写为《论抗日游击战争的基本战术——袭击》，经毛泽东修改后，发表在中共中央的机关刊物《解放》周刊上，内容几乎涵盖了游击战的所有战术，其中最常用的袭击手段是伏击。

伏击战俗称"口袋阵"，就是把部队埋伏成口袋状，等敌人钻进口袋来再打。要打好伏击战，必须具备五大原则：

一、侦察敌情正确；二、巧妙选择伏击地点；三、合理部署兵力；四、正确选择攻击时间；五、迅速撤离战场。

五大原则中，最关键的是第三条——合理部署兵力。

李振亚在讲述运用游击战的精髓时，反复强调要有人民群众支持，如果没有人民群众支持，游击队就是眼盲耳聋，决不可能取得胜利。他告诫学员，谁都可以运用游击战术，日本鬼子也可以运用，但离开人民群众，他们注定是要失败的。

李振亚用毛泽东理论结合实战讲课，常常引起国民党官兵赞叹。

南岳游击干部训练班第一期学员于5月15日毕业。在毕业典礼上，叶剑英讲话完毕，在一片掌声中带头高呼"抗战到底""打倒日本帝国主义""中华民族解放万岁"的口号，会场上群起呼应，喊声震撼南岳群山。学员们依依不舍，拿着自己的笔记本、纪念册，纷纷请求叶剑英题词留念。叶剑英挥笔给大家分别题写了"到敌人后方去，把鬼子赶出去""路是人走出来的""要做大事，不做大官"等寓意深刻的词句，以资勉励。

在南岳游击干部训练班李振亚也经历了难以忘怀的两件大事。

中共代表团出发之前，叶剑英对30多个同志分析了严峻的斗争形势。他说，要警惕军统特务的破坏和日本特务的渗透，希望30多个同志提高警惕。

李振亚在班中经历第一件事，就是打击国民党军统特务的破坏。开班时，戴笠派了大队长级的特务陈震东、王百纲、安占江（女）参加学习班，企图弄清中共游击战的奥妙，同时监视学员是否有亲共行为。结果出现特务王百纲用行动特务的专业手法深夜偷窃游击干部训练班的经费，却被早已埋伏的中共教员当场抓获之事。教育长汤恩伯大怒，把王百纲退回军统。戴笠脸上无光，下令按"家规"处死王百纲。

另一件事是培训越南共产党领导人胡志明。胡志明是随叶剑英从延安南下来到南岳的，他住在中共代表团驻地。这是一处衡山脚下的一座姓旷的富家庄园。这里茂林修竹，流水淙淙，环境清幽，是个很适合隐蔽的地方。驻地设有电台，胡志明结业后，以八路军办事处新闻少校身份在电台负责收听外语新闻广播。由于日机频繁轰炸衡山，第三期游击干部训练班西迁零陵，胡志明赴桂林。

由于在工作中与胡志明经常接触，李振亚深感从红军发展起来的游击战术，正引起世界许多革命者的关注。

1939年5月25日，游击干部训练班第一期结业，李振亚奉命到广东工作。6月初，他抵达广东韶关八路军办事处，参加了中共广东省委在曲江篆溪村举办的一个党员训练班，当时训练班有3个主要内容：党的建设、统一战线、武装斗争。他担任训练班的军事教员，讲授游击战争的战术问题。

七、八月间，训练班尚未结束，广东省委命李振亚立即动身，前往广东东江抗日游击队所在地广东惠阳坪山，主持广东省委举办的游击战训练，任中共粤东南地委在曾生部队驻地举办的游击干部训练班主任兼教官，邬强任副主任兼教官。后李振亚参加东江军委，任东江军委参谋长。

第一期游击干部训练班设在惠阳坪山沙博村。训练班于9月开课，李振亚任训练班主任。接着1940年1月，李振亚又主持举办了第二期训练班。第二期是在香园墩举办的，从1940年1月开始到3月初结束，多数学员是曾生、王祖尧两个大队的干部。训练班还没有结束，国民党顽固派军队就开始进攻了。

1940年2月，李振亚认识了从马来西亚回国参加抗日的爱国华侨女青年——当时正在曾生部队电台工作的王春红。

她是马来西亚华侨，曾在吉隆坡知港群英学校任小学教师。为了回祖国参加抗日斗争，她毅然辞去了教师工作，于1939年4月报名参加了官文森先生（老同盟会员）独自捐资组织的东江华侨回乡服务团文森队。文森队共有7名队员，都是女青年，她任队长。她们先是在吉隆坡埠上宣传抗日救亡活动，号召侨胞们捐款、捐物、捐药，支援祖国抗战。

随后，她们离开了第二故乡，乘坐轮船于5月中旬抵达香港，穿过沙头角到达保安，先到坪山慰问曾生领导的惠保人民抗日游击队，看到那些剪着短发的女兵扛枪站岗放哨，她们非常钦佩和羡慕。后来，她们又到惠州各地宣传抗日和慰问伤病员。

7月，惠州国民党反动当局勒令解散东江华侨回乡服务团，并限文森队于当月底离开惠州。全体队员都很气愤，决心同国民党反动派斗争。经大家讨论同意，由叶锋团长写介绍信，8月3日到达坪山，参加了共产党领导的坪山抗日游击队新编大队。同年9月，经政训员卢伟良和政工队队长赖汉兴的介绍，王春红光荣地加入了中国共产党。同年10月她被调到电台，学习无线电收发报。

1940年2月，由坪山游击队党委书记梁鸿君、政训员卢伟良、支部书记王彦之介绍她和李振亚认识。组织上希望他俩结婚。

王春红心想，自己生在马来西亚，现在回到祖国，虽然加入了中国共产党，但对如何做一个名副其实的共产党员、如何为党做好工作，一点也不懂，确实需要一个亲人来帮助自己。既然党组织和领导这么关心她，振亚又是一位身经百战的老党员、好同志，就答应了。

结婚那天，李振亚还忙着做游击干部训练班的总结报告，报告结束后，婚礼才开始。卢伟良让出他借住的一间民房作为他们的新房。婚后，王春红烧掉了马来西亚的护照，决心抗日救国，为民族独立解放、为实现共产主义理想，和李振亚并肩战斗终生。李振亚对她的行动十分高兴。

王春红后来改名为王超。她作为李振亚的伴侣和战友，和他一起经历无数的战火，直至李振亚牺牲。

十一、东纵突围战

李振亚到了东江纵队，才了解东江纵队发展的历史，也才明白中央为什么把他从延安调往南方。

1938年10月12日，日本侵略军在大亚湾登陆，国民党守军一触即溃。21日，日军侵占广州，东江下游和广州地区沦为敌占区，广大群众对腐败无能的国民党政府和军队丧失信心，领导华南人民抗战的重任责无旁贷地落在中国共产党人的肩上。

广东东江，是中国共产党第一、二次国内革命战争时期开展武装斗争的重要地区。抗战爆发后，这里的人民响应中国共产党的号召，积极开展抗日救亡运动，纷纷组织抗日自卫队、壮丁常备队等民众抗日武装，进行抗日武装斗争的准备。当日本侵略者的铁蹄踏上东江土地时，惠阳、东莞、宝安、增城等地的人民在中国共产党的领导下，纷纷拿起武器，抗击敌人。

日军大亚湾登陆的第二天，八路军驻香港办事处主

任、中共广东省委委员廖承志，根据
党中央关于要在东江敌后开辟抗日游
击区的指示，召集中共香港市委书记
吴有恒和曾生（当时任香港海员工作
委员会书记）研究回东江开展敌后抗
日战争的问题。两人都争着要回东江
组织抗日武装开展敌后抗日游击战
争。曾生对吴有恒说："东江打游击
我比你合适，你是外地人，语言不
通，人生地疏；我是惠阳人，语言
通，了解情况。"还说，"1935 年，我
在中山大学读书时，以中山大学师生

东江纵队司令员曾生

员工抗日救国会负责人的身份，参加组织广州学生举行抗日示威游行，被国
民党当局赶出了校门。为寻找中国共产党的组织，来香港做海员工作。现在
家乡沦陷，我有责任回乡组织群众，救国救民。"

　　廖承志同意了曾生的要求。10 月 24 日，曾生和谢鹤筹、周伯明带领一
批党员和积极分子回到家乡惠阳县坪山，组建了中共惠（阳）宝（安）工作
委员会，组织人民抗日武装。10 月底，中共惠宝工委成立，曾生任工委书
记，属中共广东南特委领导。12 月 2 日，在叶挺将军的家乡惠阳县淡水周田
村，惠宝人民抗日游击总队成立，曾生任总队长，周明任政治委员，郑晋
（郑天保）任副总队长兼参谋长，在惠宝沿海地区开展抗日游击战争。在此之
前，中共东莞中心县委和增城、宝安的党组织，在东莞、增城、宝安等地先
后建立了我党领导的人民抗日武装，多次和敌人作战。1939 年初，东（莞）
宝（安）地区的人民抗日武装整编为东宝惠边人民抗日游击大队。王作尧任
大队长，何与成任政训员，黄高阳任党总支书记。他们在广九铁路中段和宝
（安）太（平）公路沿线开展敌后游击战争。两支队伍共 200 余人。

　　党中央从延安等地抽调梁鸿钧、李振亚、卢伟良等红军骨干以加强该大

队的领导。他们以八路军、新四军为榜样建设大队，使大队继承和发扬了我军的光荣传统，成为一支坚强的革命队伍。

李振亚担任东江军事委员会参谋长期间，多次向省委组织建议，为建立一支能够打击日寇的部队，必须建立训练班，训练军政干部，培养连排骨干，要使政治上他们坚定，军事上懂得游击战术，才能歼灭敌人，保卫根据地。东江军委会让他主持了两期训练班，轮训曾生和王作尧部队的大批连排骨干。

由于大批训练部队的骨干，部队在斗争中迅速发展，到1939年底，曾生和王作尧两支部队发展到近700人。在惠阳县的坪山和宝安县的龙华、乌石岩建立了抗日游击基地，初步打开了东江敌后抗日战争的局面。

李振亚在东纵早期军事建设中做出自己的贡献。他除积极训练军事骨干工作外，也向军委会提出如何面对日军和国民党军队两面夹攻的问题，因为他经历过西路军浴血惨痛的教训。但这建议未引起军委会领导的重视，认为当前与国民党的关系还是重要，应重视统战工作，致使东纵对国民党当局缺乏足够的防备。

1939年1月，国民党五届五中全会制定了"溶共、防共、限共、反共"的政策后，广东军政当局也开始对曾生领导的新编大队和王作尧领导的第二大队采取措施：先是限制发展壮大；继而"调虎离山"，要新编大队放弃坪山根据地去增城，再采取拉拢腐蚀、分化瓦解的办法。几招都不奏效之后，国民党当局决定用武力消灭新编大队。

1940年2月，国民党军政头目香翰屏命令新编大队到惠州"集训"，以便集中缴械或歼灭，被曾生、周伯明识破。同时，东纵军委也做了万一国民党顽军进攻就东移海陆丰的部署。2月底，东纵军委获得确切情报，国民党顽固派已加紧部署，围攻坪山、乌石岩。东纵军委于3月1日召开紧急军事会议，对队伍进行了整编，做好东移的准备。3月8日，正当抗日军民在坪山圩举行三八妇女节纪念大会时，广东国民党当局纠集了第一八六师凌育旺团、保安第八团两个营及其他地方部队号称3个师的兵力，从龙岗、坑梓、淡水三地合围，其中便衣已接近坪山。

3月9日晚，新编大队500余人在梁广、梁鸿钧、曾生、李振亚的率领下，经石井、田头山向东转移。王作尧、何与成率领第二大队180余人从乌石岩经观澜越过封锁线，向淡水方向移动。

曾生部突围后，于13日抵吉隆圩北面的平政乡桥岭时遭遇顽军罗坤的猛烈截击。

李振亚对曾生说："你带领三中队和机关人员往北撤，我狙击敌人。天黑后在斧头山会合！"

他率领一、二中队迅速占领高地迎击敌人，掩护大部队和机关向北转移。李振亚下令："一中队跟我正面狙击敌人，二中队从侧面进攻敌人，如果打散，天黑后在斧头山会合，行动！"李振亚率领一中队战士，依靠两挺机枪和一批手榴弹，打退罗坤顽军的多次冲锋。二中队战士从侧面对罗坤顽军发动多次冲锋，迫使罗坤气势汹汹的进攻部队后撤，企图重新组织进攻。

东纵一、二中队在桥岭高地迎击敌人

这时天色已黑，李振亚估计曾生已率三中队到达斧头山，而眼下在罗坤一个旅兵力重组进攻下我方很难突围，便下令吹冲锋号，使罗坤部队乱了手脚，这是他约定二中队撤退的号音。他们摆脱顽军，翻越斧头山，会合曾生部分队伍。这次战斗两个中队共牺牲 10 多人，负伤也有 10 多人。

曾生指挥部队从斧头山向东进军，24 日到达高潭。

高潭地处惠东县东北部山区，南接海丰县，北邻紫金县，东靠陆河县，东北还与五华县相近，是海陆惠紫五 5 个县边区的中心地带。在纵横几十公里的土地上，耸立着许多高山峻岭、奇峰险嶂，其中五指峰、上岩石、下岩石等地山高林密，都易于隐蔽。

曾生决定留下二中队在高潭活动，第一、第三中队则撤离往多祝。

31 日，顽军一八六师五五八团乘大风大雨袭击了驻水口柑树下的第三中队。第三中队因警戒疏忽致使正在休息的中队干部、战士 30 余人被俘，接着顽军向大队追击进攻，曾生、李振亚率第一中队和干部队奋起抗击。这时，留在高潭圩的第二中队闻讯立即赶来救援，正欲向大队靠拢时，却碰上顽军隔河对峙。当晚，第二中队转向五指峰，次日清晨与敌五五八团相遇，只好撤至山顶，但却被包围了。第二中队抗击顽军的战斗一直持续到当日下午，中队长叶清华（本县人）牺牲，指导员黄业负重伤。最后由副中队长陈奇禄率队突围。

第二大队（王作尧部）从乌石岩突围后，经观澜、沙坑黄巢山，渡过淡水河向东移动至白花，突破顽军的追击；20 日到达莲花山时，再次成功突围。4 月 18 日，第二大队在转移至海陆丰途中的斜嶂山黄沙坑时，顽军五五八团一个营尾追而来被阻击于山下。顽军见未能消灭第二大队，改用政治欺骗手法，相约谈判。王作尧提出 3 个条件：一、让部队重上前线抗日；二、指定地点整理休息；三、五五八团军队先退兵以示诚意。

谈判没有结果。于是王作尧率部 70 余人乘黑夜冲下山到达大安洞整编。而留下牵制敌人的 40 余指战员则被包围，大部分战伤被俘，被押解至惠州监狱，其中何与成、卢仲夫、罗尧、罗振辉、叶镜源、李燮邦（新编大队谈判代表）6 位干部在狱中宁死不屈，英勇就义。

为了消灭曾、王两部，国民党当局再调动 1000 余军队，对惠阳东部沿海地区的村庄进行侦察、搜索、包围。曾、王两部只得隐蔽在深山密林或矿井、地洞中。由于有地下党和群众的掩护，顽敌到处扑空，半个月后只好陆续撤兵。

曾、王两部东移过程中，遭受严重挫折，仅仅两个多月的时间，新编大队由500多人减员到100多人。4月中旬，部队整编为一个长枪队、一个手枪队和一个政工队，分别在汕尾、梅陇、公平一带活动，女同志和非战斗人员均暂时疏散。王作尧的第二大队也已减少到70余人，到达海丰县整编后分散隐蔽。

5月下旬，曾生与王作尧经海丰县工委书记郑重安排见面，共同商讨重建部队、继续开展游击战争等问题。

他们决定派李振亚夫妇和梁鸿钧前往广东省委领导机关所在地香港，向省委汇报情况。

6月初，曾生接到了梁鸿钧从香港带来的由廖承志转交的中共中央书记处5月8日的电报（简称"五八指示"），指出：（一）目前局势既不易整个投降分裂，也不易好转；国民党既保持抗日面目，同时进行反共投降，但地方性的突变随时可能。在此局势下必须大胆坚持敌后抗日游击战，同时不怕摩擦，才能生存发展。（二）曾（生）、王（作尧）两部仍应回到东、惠、宝地区。

为了贯彻中央的"五八指示"，曾生与王作尧、梁鸿钧研究，确定了回惠东宝地区的具体办法。6月中旬，曾生率领的长枪队60多人与王作尧第二大队的30多人在鲔门西北四马岭会师，做返回惠、东、宝地区的准备工作。7月，部队由王作尧率领，在地方党协助下回到坪山西南的小三洲，曾生到香港为部队筹款。

李振亚夫妇没有回到东江纵队。在香港，李振亚被中共中央派往海南岛琼崖纵队。

十二、偷渡海南岛

　　1940 年 7 月，香港八路军办事处主任廖承志和广东省委张文彬书记向李振亚传达了党中央指示，派李振亚到海南岛琼崖抗日独立总队工作。李振亚原来想到香港后，请求组织上派他到新四军去工作的，听到被调派到海南岛抗日独立总队，心中感到有点突然。张文彬看出他的心思，便简要地向他介绍冯白驹与琼崖红军情况。

　　张文彬说，李伯崇同志，琼崖红军的斗争，如你在红军中经历的一样，充满艰难险阻，是百死一生、从头再来的斗争。冯白驹担任海口市郊农民协会办事处主任，举起革命的红旗。经过蒋介石四一二反革命政变，他被国民党军警追捕，转移到农村，建立琼山地下县委，组织短枪队，打响了反屠杀的革命枪声。随后他在农村组织农民进行武装暴动，建立革命军，在琼山县一带打击反动军警。

　　革命军改编为红军，队伍扩充到 1400 多人，被反

琼崖海峡

动派军队进行多次"围剿",经过 3 次大激战,红军人员伤亡较大,许多骨干在斗争中牺牲。尽管经受挫折,但冯白驹再度扩大红军,争取将在大洋山被"逼上梁山"的农民武装收编为红军,进行改造,再次竖起革命红旗进行斗争,在母瑞山周围建立根据地,红军发展到两个营 500 多人。

国民党军队进行第四次"围剿",广东从各地向海南岛增兵近万人,向母瑞山根据地反复进攻。红军和县委组损失极大,最后冯白驹只带 10 多个干部在母瑞山坚持,各县所存干部也不足 20 人。琼崖革命陷入低潮。

1935 年 6 月,冯白驹在母瑞山突围下山,重新组织力量,在琼山县塔市乡茂山村主持琼崖特委临时会议,决定去各县寻找失散同志,重新组织武装斗争。只用 3 年时间,他建立了琼崖抗日独立总队,下辖 3 个大队和一个特务中队共千人,被周恩来誉为"不倒的红旗"……

说到这里,张文彬把话停顿下来。

廖承志笑着说:"中央决定派你们去,就是要把这支红军队伍建设得更强大、更坚强!"

李振亚坚定地说："服从组织安排，一定做好工作！"

廖承志叮嘱他："你先去，随后中央还会继续派干部去。你没有职务也要干好工作。"

李振亚说："首长放心，我一定做好工作。"

省委领导和李振亚谈话以后，同时决定王春红也与李振亚一起到琼崖总队工作。由周伯明通知她，她的党组织关系由李振亚证明。李振亚对妻子说："这是党组织对我们的信任，是革命事业的需要，我们应该无条件地服从党中央的决定。"王春红毫不犹豫地说："我们一起去吧！结婚时不是已经说过要同生死、共患难吗？"

由于当时斗争环境的需要，组织上经研究，李振亚将姓名由李伯崇改为李振亚，王春红改名为王超，化装成南洋商人前往海南岛。

在香港购买生活用品时，李振亚突然想到一个问题，他问王春红："如果我们突然被检查，有什么能证明我们是南洋富商？"王春红笑着说："钱！组织上会准备的。"李振亚再问："如果他们不信，还有什么可以证明？"王春红认真地说："我有在南洋当老师的证件，还有我父亲做生意的合照。我是你太太，他们会信的。"

李振亚不由得感叹："你想得真周到！"

王春红笑着说："你是富商少说话，因为不像南洋话，遇到检查询问我来周旋。"

李振亚笑着说："是。"

1940 年 6 月下旬，在香港，傍晚。

广东省委书记张文彬和香港八路军办事处主任廖承志为李振亚送行。张文彬一路漫步送行，一路语重心长地叮嘱："老李，去琼崖的路途复杂，要特别注意安全。那两箱东西（指电台）组织会另派人运送西营，你到广州湾稍候一些时间，待运到时再一起运去琼崖……"

李振亚郑重地说："首长放心，我经历过太多风险了，会谨慎从事的。"

廖承志点头说:"好!"然后对王春红说,"王超,你的南洋身份对掩护振亚同志很重要。"

王春红认真地说:"我会以生命保护振亚同志。"

张文彬和廖承志不再说话,默默地走着。到了海边码头,张文彬、廖承志和李振亚夫妇紧紧握手,互道保重。

李振亚夫妇登上往湛江的轮船。

他们随着琼崖特委派来引路的交通员张瑞民,从香港乘船出发,来到湛江(广州湾)西营盘,入住较为好的旅馆。不出所料,晚上10点左右,有两个警察敲门来查户口。王超开门时,李振亚穿着睡衣坐在沙发上看报纸,两个警察上下打量,见李振亚跷着二郎腿,一派富商模样。

警察问:"你们从哪里来?有证件吗?"

"有!"衣着端庄的王超从手提包里拿出证件,下面附有一沓钞票。

警察看了证件,拿了钞票,连话也没问,就叮嘱他们:"外面治安不好,不要随便出门。"随后出门并把门关上了。

警察走后,李振亚笑着对王超说:"你真有办法!"

王超自豪地说:"在南洋对付警察也是这样的。"

为了避免引起敌人注意,李振亚很少外出,日常饮食也是由王超买回。不料一直等了10多天,仍未见"货"到,李振亚急了,担心"货"出了事。王超劝解他:"不会出事的,耐心等,组织自有安排。"李振亚的心境也平静下来。

傍晚,他们终于等到了张瑞民。

张瑞民欢喜地把李振亚引上一艘木帆船,高兴地说:"老李,两箱'货'运到了,我们启程吧!"船工们把白帆往桅杆上一拉,帆船在茫茫的大海上飞驰,看得出帆船是沿着较远的海岸走。经过一段较长的航程,到了徐闻县的打银村。这里有琼崖特委的中转站,中转站正安排我党的几位地下工作人员渡海,于是与李振亚夫妇同船。

正欲开船,一位老船工说:"风向不佳,须稍候一会儿再开。"于是交通员把李振亚等几个人引到村中一间小学休息。

就在小学休息时，两个背枪的保安兵闯进来。

"你们是哪里来的?"两个地方保安兵前来盘问。

"我们是在西营做生意的，因日寇飞机轰炸西营，无法做生意，只好回海南老家去哩!"交通员与两个保安兵对话。李振亚夫妇和其他几个人不出声，只好由交通员对话。两个保安兵听到是海南口音，半信半疑地又问:"你们船上装的是什么货?"

"是一些行李和小量货物。"

"走! 带我们去看看!"一个保安兵命令交通员带其上船去检查。

李振亚见势不妙，干咳了一声，向几个地下工作人员使了个眼色，众人一起跟到海滩，准备万一敌人搜出电台，就采取行动。

两个保安兵看到李振亚等几个人紧跟在后面，觉得不是滋味，于是上船头往舱里扫了一眼就上岸走了。

敌人走后，李振亚立即召集大家商量，他说:"这班饿鬼见不得钱和物，看到我们的东西必定想下手，只是看到我们人多，觉得吞不下，回去再拉人马罢了。我们要马上开航，否则不好办。"

大家都同意李振亚同志的意见，便七手八脚地帮助船工起锚、升帆开船，由于是顺风开船，船很快就离开河岸很远。船开了一会儿，一群匪兵就匆匆赶到海边，看到帆船已远离海岸扬长而去，只好望洋兴叹，胡乱放了数枪，以示"送行"。

夜幕降临了，木船张满风帆，在黑茫茫的大海中颠簸前进。

"前方有船!"交通员张瑞民报告。

李振亚站起来观察了一会儿，只见远处有一灯火在晃动，由远而近，过了一会儿，还听到隆隆的马达声，由弱而强。李振亚判断来船是军舰，果断地说:"这是日本军舰，赶快落下风帆，放倒桅杆，准备战斗!"他同船工一起落帆倒杆，接着说:"如果敌人碰上来，我们要认真对付。为了保守党的秘密，宁可投海牺牲，也不能让敌人捉去! 我们的电台，宁可丢下大海，也不能给敌人拿走!"

隆隆隆……敌舰越来越近了。

在大家正准备与敌人搏斗的紧张时刻,舰艇从侧边驶过去了。原来,因为天黑、浪高、船小,加上敌人麻痹大意,帆船没有被发现。

"平安无事,赶快起帆!"李振亚高兴地说,又和几个船工迅速地把帆拉起,继续前进。这样,木帆船张着翅膀,借着风的劲儿在海上整整驶了一夜。第二天,天微微亮,木帆船在海南岛的临高县昌拱港靠岸。

李振亚等一行人登陆后,在中共临高县委常委王乃策和临高四区区委书记、琼崖独立总队海运站负责人王锡珠等同志的安排下,休息一会儿。然后,由陈勇和谢名臣率领两个武装班和20多名民工把李振亚、王超、罗文洪、黄荔蓉等7位同志和无线电台等物资一站一站地护送到琼崖特委和独立总队机关驻地美合村。

来到琼崖总队部,冯白驹早已在门前迎接。他见到李振亚就一步跨上前紧握李振亚的手,非常高兴地说:"振亚同志,早就盼你们这批经历战火的中央红军老战士来加强琼崖总队建设了!"李振亚谦虚地说:"司令员同志,早就知道你们'红旗不倒'的故事,在您的领导下,我会积极工作!"冯白驹摇着李振亚的手说:"好了,大家别说客气话,先把行李安顿好再聊!"

李振亚和王超很快放下简单行李,来到冯白驹的办公室。这是一间简朴的房子,一张长桌子、几把椅子,墙上挂有大幅敌我形势图。司令员的床就在墙角,看得出司令员办公室和卧室都在一起。

冯白驹早已用瓦茶壶泡好茶,招呼他们坐下,为他们倒上热茶,亲切地笑着说:"这是琼崖最好的山茶,消除疲劳好,请试喝!"

李振亚夫妇为司令员的热情所感动。他俩慢慢品茶。

不一会儿,冯白驹对他们说:"振亚同志,你刚到海南总队,中央还未任职,你们是否先休息一下,在根据地走一走,熟悉一下情况?"

李振亚有点着急,诚恳地说:"司令员,调我来就是为了工作,情况以后可以慢慢熟悉,我需要工作!"

冯白驹环视他们，哈哈大笑，安慰说："那好吧，振亚同志，你进过抗大，还给国民党军官上过游击战术大课，你就到琼崖抗日公学去上课，用抗大精神培养我军指战员！"他又指着王超说，"至于王超同志，还是干老本行，在总队电台当报务员。"

王超高兴地说："谢谢司令员！"

李振亚认真地说："我现在就到抗日公学报到！"

冯白驹伸出双手按住他们："别急，别急，把茶喝完再走！"

1940年7月，冯白驹领导特委以抗大为楷模，在美合根据地创办了琼崖抗日公学。冯白驹兼任公学校长，史丹任副校长，政治处主任为王均（王高天），教务处主任为吴耀南，军训处主任为谢凤池，总务处主任为符明经。培养对象是部队的战斗骨干、党政群干部和各地抗日青年。

琼崖抗日公学建在离特委驻地两公里的一个叫"荒草田"的地方。这里原来荆棘丛生、野兽出没。冯白驹领着全校师生一齐动手，平整山地，清除杂木野草，利用山林的竹木和茅草盖起了一幢幢风格别致的教室和宿舍。所有的屋顶都是用竹条夹着茅草扎成的，四周的墙壁则是用竹篾编织的，教室里宽敞整洁，用木条和竹竿钉成的桌凳排列成行。宿舍里，靠墙放着两排相连的床铺，结实、整齐又实用。在公学的大门口，有个用竹排和木杆搭成的大牌楼，正上方端端正正地写着"琼崖抗日公学"几个大字，两旁是竹篾编成的"墙"，上面写着毛泽东为抗大题的八个大字，"团结、紧张、严肃、活泼"。

公学第一期招收学员300多名，分初级班、高级班、工农班、妇女班和儿童班。每个班都有一个操场，既可以上军事课，也可以打球锻炼身体，开餐时是"露天饭堂"。入夜架起汽灯又成了"娱乐场"。公学还建了一个可容纳一两千人的广场，一端有一个用土堆起来的简易舞台，全校性的集会和文娱活动就在这里举行。不少爱国知识分子、教育界知名人士，突破敌人重重封锁，前来这里工作；一批批热血青年为了抗日救国，克服重重困难，纷纷从各地奔赴美合学习。

在琼崖抗日公学，冯白驹经常给学员们上政治课和做政治报告，李振亚给学生讲游击战术课。公学的政治课主要是学习党的抗日民族统一战线政策，学习毛泽东的《论持久战》《新民主主义论》，还学习哲学和军队中的政治工作等。军事课主要是学习毛泽东关于游击战争的战略战术思想，并着重结合实战需要进行侦察、化装奇袭、伏击等战斗演习。学校还专门编写了一套以激发民族仇恨和提高阶级觉悟为主要内容的语文课本。

李振亚在教授游击战争的战术课时，为了言传身教，初来就住在公学的教员宿舍，与学员同生活、同学习、同训练，他还保持晚上查铺的习惯，为学员整衣盖被。在训练休息时，他就与连排干部谈心，了解干部和战士的思想，对他们做好思想工作。

在教学活动中，由于与学员密切接触，他了解到独立总队及其直属机关进入美合根据地之前，是处于无后方作战状态的。部队的情报、侦察、作战计划以及作战指挥全由部队的主要领导人"一身多任"。他感到未来部队进入大规模作战的情况下，如果没有作战参谋指挥系统，就很难取得战役性的胜利。

由此，李振亚认为，已到了应该建立总队参谋指挥系统的时候。

十三、建设红军魂

李振亚认为，红军的政治工作制度和军事指挥系统，是中国工农红军的灵魂。海南工农红军改编为琼崖总队，不能按国民党军队机制运作，必须以红军魂建设琼崖总队。

他初到琼崖总队，让领导接受这种建议不容易，只能从加强军队骨干政治素质入手。他全身投入这项工作。

在抗日公学教学期间，他还亲自编写了军事教材，主讲军事课。他联系实际，讲授毛泽东的军事思想和军事理论，讲授游击战术的"敌进我退，敌退我追，敌疲我打，敌驻我扰"的十六字诀。为了加强教学效果，他自己动手制作了一个规模较大的作战地图模型，使学员们更易学懂记牢。

1940年9月，党中央派庄田带领覃威、刘成义（电台台长）、曾庆发（报务员）、云勇、黄昌义（地雷手榴

琼崖纵队战士出击

弹技师）来琼崖，李明（林李明）同志一同返琼。

李振亚见到庄田非常激动，他们先握手然后热烈拥抱，李振亚非常高兴地说："大队长，想不到你又回到家乡进行战斗！"庄田笑着说："我这个海员四海为家，组织上要我到哪里，就到哪里战斗。"冯白驹惊讶地说："你们是老相识？"李振亚认真地说："在抗大，他是我的上级！"庄田还是笑着说："何止在抗大？中央红军长征、西路军西征时，我们都走过同一条路，只不过不同部队罢了。"

冯白驹哈哈大笑："谢谢中央给总队送来两员虎将！"

琼崖总队召开特委会，庄田同志传达党中央指示：冯白驹任琼崖特委书记、独立总队队长兼政委；李明为副书记、副政委；庄田任副总队长；李振亚任总队参谋长。

李振亚利用总队调整领导班子的时机，与庄田研究，在总队党委会议上，明确提出要按照红军的做法，在琼崖部队里建立健全政委编制和政治工作制度，同时建立部队的参谋指挥系统。把党组织在部队里公开，把总部的政训室改为政治部，下设组织、宣传、民运 3 科。在总队里设参谋、经理、卫生 3 处。李振亚主管参谋处的工作。参谋处设作战、训练、侦察、通信、管理等科，建成了一个精悍的军事指挥机构。

李振亚在会上提出，参谋长是总机关的首长。冯白驹想不通，问李振亚："一支部队哪能有两个首长？"李振亚解释："两个首长中，一个首长（总队长）是全军的首长，是领导全军的；另一个首长（参谋长）是机关首长，是领导机关总队部的组织和工作的，而机关首长又是受全军首长领导的。"冯白驹听后也笑着说："明白，你是为了减轻我的负担，我赞成！"庄田解释："这是中央红军的传统，使部队首长能够集中全力进行军事指挥决策，有利于部队建设。"

党委会很快就统一思想，做出建立政治工作制度和建立参谋系统的决议。

1948 年李振亚牺牲后，中共中央香港分局领导的刊物《群众》载文指出："自李振亚和庄田同志来琼后，琼纵的参谋工作是经过李振亚的手建立起来的，从而逐步提高部队的作战与管教。由小小的游击队伍，逐渐提高到正规兵团，由游击战到学会运动战，就是这样锻炼出今天琼崖人民解放的武装力量——琼崖纵队。在这个建军工作上，他的贡献也是不可磨灭的。"

1940 年 9 月，中共琼崖特委和独立总队部又根据琼崖抗日形势发展的需要，撤销了东、西路指挥部，成立支队，以加强对各地部队的领导；将在琼文地区的第一、二大队合编为第一支队，支队长为吴克之，政委为陈乃石，副支队长为林伯熙，政治处主任为陈石；将在儋、临、澄地区的第三、五大队合编为第二支队，支队长为马白山，政委为符哥洛，政治处主任为莫逊。总队部还成立了直属特务大队和第四大队，朱克平任特务大队队长，吴文龙任政委；张开泰任第四大队队长兼政委。到年底，独立总队发展到 3000 余人。琼文、美合和六连岭抗日根据地得到进一步发展和扩大，为开展抗日反顽斗争准备了必要的条件。

1940 年 8 月间，琼崖国民党顽固派策划了一个"反共灭独"的全盘计划：首先集中优势兵力进攻西路美合根据地，妄图一举歼灭中共琼崖特委、独立总队首脑机关和西路主力，然后回军东路，围攻第一支队，摧毁琼（崖）文（昌）抗日根据地，以控制他们从定安县的翰林、琼山县的新兴通往文昌县锦山的海上补给线。8月初，吴道南运回一批枪械弹药和作战物资，装备了保安七团。然后，保安七团副团长林荟材带领一班人马，从定安县新兴墟团部出发，围绕美合根据地，实施对美合外围的地形侦察。10月9日，林荟材再次到美合根据地，要求谈判"关于建立西路联防"的问题。

为了团结抗日，冯白驹、李明等会见了林荟材。谈判刚开始，林荟材便拿出守备司令部给独立总队的"调防命令"，要求独立总队撤出美合，调到琼文一带，由叶丹青部接管美合地区，以建立西路联防。冯白驹当即予以反驳，并表明了寸土不让的态度。林荟材见软的不成，蛮横地声言要兵戎相见，完全暴露了顽固派蓄意制造反共摩擦的真实意图。所谓"西路联防"，就是企图诱使中共琼崖特委和独立总队部撤出美合根据地，以便在转移途中设伏截击，达到一举歼灭的目的。

10月21日，国民党吴道南、王毅带领司令部一班人到保安七团团部，会同李春农、林荟材等召开了最高军事会议，做出决定：以保安七团全部及保安六团一部、叶丹青总队，澄迈、临高、儋县游击队及陈武部特务队共3000余人，由李春农统一指挥，向美合根据地发动进攻；同时以保安六团为主力，配合定安、琼山两县国民党游击队，对活动于琼文地区的琼崖总队第一支队实行严密戒备，伺机进袭。会后，李春农派林荟材率领两个主力营，于11月2日抢占美合根据地外围重镇南坤墟。接着，李春农亲率部队先占领仁兴、中兴、岭仑、西昌、榕树铺、松涛等乡镇，对美合根据地构成包围的态势。

面对国民党顽固派挑起的武装冲突，中共琼崖特委执行坚持团结、反对分裂的方针，与之进行了针锋相对的斗争。1940年10月初，特委派莫逊为代表，带着冯白驹的亲笔信前往保安七团驻地与李春农谈判，要求国民党当局以民族利益为重，悬崖勒马，维护团结抗日的局面。李春农等一意孤行，反诬独立总队不服从统一指挥。

谈判破裂后，琼崖特委和独立总队向全岛同胞揭露国民党琼崖当局的阴谋，呼吁"反对内战，一致抗日"，"大敌当前，反对枪口对内"。11月2日，冯白驹向中共中央电告琼崖情况，"摩擦事件继续发生在各地，有向全琼扩大的可能"，为了"争取琼崖时局好转，我们感觉非经过一定军事的大冲突是无法变好的"。11月7日，中共中央书记处复电指示，"琼崖逆流高涨，是与最近国民党在全面发动反共新高潮有关系的，因此你们须随时警惕，反共顽固派有武装袭击我军的可能"，要"使大家懂得，反共顽固派的武装反共是他们投降敌寇的具体准备，并且实际上是为敌寇完全占领琼崖肃清道路的，因此必须动员一切抗日力量，给反共顽固派武装反共行为以坚决的打击"。中共中央非常关注琼崖形势的发展，11月23日，毛泽东、朱德、王稼祥又及时电示冯白驹："顽军有向你们进攻可能。你们应从军事上政治上加紧粉碎其进攻，其方法是待其进攻时，集中主力打其一部，各个击破之。"

根据中共中央的指示，中共琼崖特委召开有总队领导人参加的常委扩大会议，专门研究保卫美合根据地问题。会议分析了国民党顽固派集中主力来攻，势在必占美合的意图，又分析了美合根据地的具体情况，并从政治上考虑了得失，最后做出保卫美合根据地的决定，号召根据地军民立即行动起来，认真做好保卫美合根据地的战斗准备。会议还调整兵力部署，并对琼文地区的斗争做出安排：（一）副总队长庄田负责指挥美合根据地的保卫战，总队参谋长李振亚赶赴琼文根据地，加强第一支队的领导；（二）兵力部署：第二支队第一大队在美合村，第二大队在水南村，总队部直属第四大队在仁兴至美合的路口，特务大队在美合村附近为机动部队。

1940年12月15日凌晨，李春农指挥的主攻部队由熟悉地形的土匪陈武做向导，避开独立总队的警戒线，翻山越岭，在黎明前潜入美合附近的山林地带。李春农部尚未组成进攻队形，就被我方巡哨的独立总队作战科科长覃威察觉。覃威紧急调集第二大队在美合村前沿占领阵地，准备迎击。当天色微明，李春农部刚发动进攻就遭到独立总队前沿部队的顽强抵抗。庄田副总队长及时赶到第二大队阵地，以加强保卫美合的作战指挥；机动使用的特务大队，这时也自动投入阻击战斗。李春农部集中机枪、步枪火力，向独立总队阵地猛烈扫射。

为了防止李春农部从二大队正面突破，庄田、覃威传令特务大队迅速在二大队右翼展开，集中火力侧击。经过一阵激战，李春农部的攻势终于被遏制，从而争取到时间，使处在险境中的琼崖特委、独立总队部得以安全撤向西山，琼崖抗日公学和后勤机关单位也能各自疏散到后山隐蔽。天亮以后，美合保卫战先后展开。从仁兴向美合进攻之顽军第三营进至吕宋村，遭到第四大队顽强阻击，死伤30多人，畏缩不前。从兰洋向美合进攻之顽军第一营的先头分队进到水南村边沿，被第二支队第二大队迎头痛击，退回马鞍岭与独立总队对峙。第二营从另一方向向美合进攻，但至南根村后，不知去向。林荟材指挥的佯攻部队遭独立总队顽强抵抗后，也畏缩不前。李春农孤军深入，进攻势头减弱，作战企图受挫。随着战斗的发展，暴露了独立总队兵力部署分散的弱点，因而一时难以实施集中兵力歼灭顽军一路的战略思想。有鉴于此，特委决定撤出战斗。次日，各路顽军进占了空无一兵一卒的美合村。

在美合保卫战中，根据地军民英勇顽强，坚决抗击，给进犯的顽军以狠狠打击，共毙伤顽军100余人，粉碎了顽军企图一举摧毁琼崖特委、独立总队领导机关和歼灭西路部队主力的阴谋。

顽军占领美合后，进行疯狂的屠杀和抢掠，前后枪杀未及撤退的伤病员和掉队人员及根据地群众100多人，抢走来不及运走的部分粮食、药品、纸张等物资。

美合事变发生后，冯白驹电报中共中央："顽军向我根据地进攻，经过两天剧烈战斗，虽然给以打击，但不能解决战斗，为保存实力，我们已退出原有阵地，准备有计划于敌后进行游击战争。"12月28日，中共中央书记处对琼崖军事政治工作做了3点指示：强调发动群众和一切宣传手段，揭露国民党顽固派挑起内战阴谋，应站在自卫及迫不得已而起来抵抗顽方进攻的立场。

琼崖特委和独立总队部认真讨论了中央的指示，结合琼崖当时的实际情况，对美合事变后到底是重新组织力量夺回美合，还是转移回东路，或者向西发展进行了研究，认为继续在美合地区坚持，不利于开展全琼性的抗日反顽斗争，原先选择美合创建根据地，是在国共合作尚未彻底破裂的情况下，根据琼崖抗日形势而做出的选择，况且美合地区的地理位置、群众基础等方面也还缺乏建设永久性根据地的条件。当然，特委也估计到转回东路，顽军必然会尾追进攻，战争将会更频繁，但东路有第一支队主力，特别是老区群众基础好，人力物力资源比较丰富，比起暂时还没有可以作为根据地的理想地区的西部，更有利于坚持斗争。

在多方权衡利弊得失之后，特委做出决定：（一）撤出美合根据地，特委、总队部及特务大队转移回东路琼文根据地，与第一支队会合，积极开发抗日反顽斗争，巩固和发展原有抗日游击基地；（二）马白山率领第二支队留在西路澄迈、临高、儋县地区活动，大力发展抗日力量，创造条件建立小块根据地；（三）张开泰率领第四大队，并将琼崖抗日公学部分学员补充扩大队伍，开往昌感、崖县、陵水、保亭新区活动，放手发动群众，必要时向万宁转移，巩固扩大六连岭根据地；（四）由罗文洪、谢凤池等组成留守处，留在美合地区与当地党组织一起坚持斗争。

李振亚执行琼崖特委常委扩大会议决议，到琼文加强第一支队领导，带领第一支队牵制、打击敌人。王超当时怀着孩子，身体很虚弱，非常需要他的照顾。但是为了琼崖抗战，为了琼崖军队的建设，李振亚坚决执行特委的决定。他临别前对王超说："超，为了革命，我们要分别，你现在怀孕，不能照顾你，我也感到不放心。但是，我们都是共产党员、革命军人，服从命令是军人的天职，个人利益是要服从革命利益的。我走后组织上会照顾你，不管遇到什么困难，你都要以共产党员的革命意志去战胜它。天冷了，我这件毛衣就留给你穿吧。"听着丈夫的这番话，王超心里也很难过，但是她理解他。就这样，她依依不舍地送走了李振亚。

李振亚到达琼文地区，加强了第一支队的军事训练，特别强调进攻中的协同动作。他说："一个拳头打不倒敌人，同时快速出动几个拳头就能打倒敌人！"每天早晨，在琼文根据地训练场上响出阵阵的喊杀声。

1941年3月下旬，李振亚指挥第一支队和警卫连在罗蓬坡战斗中全歼了来犯之敌。

美合事变后，特委和总部机关东迁琼（山）文（昌）抗日根据地。国民党保安七团跟踪而来，极为嚣张，妄图消灭我军。1941年3月下旬，由敌第三营营长李紫明带领两个连进犯根据地，抵达罗蓬坡。

李振亚在特委会议上说："李春农认为得胜了，尾追我们到琼文，得意必定轻视我们。所以，我们应该采取避敌之强，打敌之弱，集中兵力，出敌不意，攻击一路，速战速决，务必全歼！"特委同意他的意见进行作战部署。

在侦察、判断准确掌握敌情、地形的基础上，1941年3月26日夜晚，李振亚让第一支队3个大队分头在琼山罗蓬坡埋伏。次日清晨，国民党保安七团二营由营长李紫明指挥，向我扑来。"打！"李振亚一声令下，枪声、手榴弹爆炸声和冲锋号声交织在一起。

战斗进行非常激烈，李振亚感到如果不迅速结束战斗，敌人可能增援，就达不到全歼的目的。他对警卫连连长陈美深下令："一定要全歼来犯之敌，一支队已同敌人展开了战斗，这是决定性的一战，全连跑步前进！"

陈连长刚做完战前动员，李振亚就来到了。连长向首长报告部队准备完毕。李振亚走到队伍前面，问道："同志们，战斗任务清楚了吗？""清楚了！"战士们响亮地回答。"好！"李振亚说着高举两个拳头，又接着说："总部命令我们，这一仗一定要打好。这是决定性的一次战斗，现在大家跟我来，跑步前进！"

李振亚跑在警卫连前头。当接近罗蓬坡时，他跑得更快，把连队甩在后面，战士拼命地赶。到达战场时，李振亚指着不远的一个小高地，对连长说："你们到那个小高地阻击敌人，只要阻击住，敌人就处于劣势。你看，六中队已从左侧迂回与一支队形成了对敌的包围圈。"当警卫连进入阵地时，才明白刚才李振亚跑得那么快就是为了侦察地形、了解敌情。战士们看到李参谋长直接指挥战斗，情绪高涨，猛烈地向敌人开火。

战斗打得很激烈。一会儿，李振亚又回到警卫连的阵地上来。他发现敌军反击火力太猛，警卫的连火力压不下去，就从身边战士接过"三八大盖"步枪，瞄准敌连长李汉松，砰的一声令他丧了狗命，接着用两颗子弹将敌两挺机枪变成"哑巴"。

这时，李振亚从衣兜里掏出烟斗抽烟，沉着而又兴奋地说："我们的力量多于敌人一倍半。现在敌人的阵脚乱了，我迂回部队已向敌人缩小包围圈，战斗很快就会取得胜利。"不久，敌八连被全歼了，共计毙、伤、俘敌连长以下官兵80余人，缴获机枪两挺、步枪数十枝，还有一批弹药。

这次战斗，大灭了国民党的反共气焰，大大地坚定了我党我军战胜国民党反动派的信心，大大地鼓舞了我抗日根据地和敌占区人民群众的抗日斗志，对我军的巩固和发展起着决定性的作用。

罗蓬坡战斗以后，琼崖特委和总队分析当前斗争形势，琼文地区根据地在日军和国民党顽军夹击下很难长期坚持下去，但不能再分散打游击，必须培养各根据地的骨干，进一步扩大红军，这样特委和总队转移就游刃有余了。

特委和独立总队决定：派总队参谋长李振亚以及云涌、祝菊芬到六连岭抗日根据地创办琼崖抗日军事政治干部学校（简称琼崖抗日军政干部学校），由李振亚兼任校长、政委，云涌为副校长，祝菊芬为政治处主任。他们的任务是用抗大精神培养党政骨干，向各根据地输送党政干部，扩大琼崖总队的队伍。

李振亚欣然接受了这个光荣任务。出发前，他深情地对王超说："又要走了，孩子辛苦你照顾了。"王超含着泪说："我们在香港每人买一条毛毡，是准备经常不能在一起啦。"妻子坚强的态度，给李振亚精神上很大支持。

1941 年 5 月，李振亚率领全体教职员工和首批学员全副武装取道东线，通过琼山、文昌、琼东、乐会等县敌人的层层封锁线，到达万宁县六连岭边的小山村——北昌村。

六连岭位于琼岛东部，万宁县的东北面，属五指山系，高峰耸立，连绵起伏 30 余里。它是早期的革命根据地之一。他们到达北昌村的第二天，李振亚就带了几个工作人员，在地方同志的引路下上山选校址，制订建校规划。

最后，选中了六连岭一片腹地为校址，立即开展建校工作。李振亚身先士卒带领同志们上山砍竹木、割茅草，与同志们一道平地基、搭茅草房、盖校舍。经过 10 多天的奋斗，一座座布局合理、整齐美观的教室、办公室、宿舍、厨房拔地而起。6 月，琼崖抗日军政干部学校正式举行开学典礼，第一期学员 100 多人，分为两个教学班，课程设有政治课和军事课。

自琼崖抗日军政干部学校创办之日起，李振亚就提出：要继承和发扬我军艰苦朴素的优良传统，树立一个"团结、紧张、严肃、活泼"的良好校风。为了粉碎日军的"扫荡"和国民党顽固派的经济封锁，从根本上解决生活困难，李振亚把生产劳动列入教学计划之中，使教育与生产劳动结合起来。他除带领学员把所需要的校舍一间一间地建起来外，还开辟了练兵场地，进行开荒生产，在山沟坡地种上蔬菜、玉米、瓜豆、番薯等作物，平时还经常组织学员轮流帮助后勤人员挑水煮饭，上山拾柴火，下乡运粮食。这样不仅能解决一些生活困难，而且培养了学员艰苦朴素的工作作风。

1942 年 4 月，有一天，日军勾结当地国民党的守备团特务大队，兵分两路向六连岭琼崖抗日军政干部学校驻地进行围攻。当时驻在六连岭附近村庄的还有我乐万县县委机关、三区委、总队后方医院等单位。在这危急关头，李振亚立即率领全体学员和琼总第三支队按照军事课上所讲授的"在敌强我弱的情况下，集中我优势兵力击敌一部，造成局部的敌少我多，最后将敌人歼灭"的"机动灵活的战略战术"理论，首先伏击从六连岭东麓来犯的一路敌军，结果使这路敌军受到重大伤亡而仓皇逃走，缴获步枪 20 余支。另一路敌军因失去他们的策应配合，再不敢冒险深入，只是慌忙地放火烧了一些茅草房，便收兵撤退了。这次战斗成功地击退了敌人的围攻，保卫了学校和地方党政机关的安全，得到总队和地方领导的赞扬。

然而，在 1942 年夏日军和国民党顽固派的围攻中，学校的校舍全部被烧毁。后来学校迁到六连岭的西麓古地狗咬豹（山村名）处，校舍无法及时建起来，生活又十分困难。在这样艰苦的环境下，学员一面建校，一面生产，一面学习，以树荫为教室，以背包当凳子，以大腿当书桌，以平地为操场，照样正常上课、正常操练，从来没有一个学员叫苦，没有一个学员向困难低头。学校的生活条件虽然很艰苦，但大家都充满着革命的乐观主义精神，总是精神振奋、朝气蓬勃、活泼愉快。每逢周末或节日，学校都举行晚会，组织学员自编自演各种节目，如唱歌、跳舞、演剧、说相声，或各班之间相互赛歌，气氛非常活跃。至于平时的课前课后、工余时间，嘹亮的歌声此起彼伏就更常见了。

琼崖抗日军政干部学校在教学上采取了"理论联系实际"的教学方法。理论联系实际是我们党和毛泽东同志一贯倡导的优良学风，李振亚在军政干部学校教学工作中一直坚持把它作为一条重要的教育原则。在政治教育方面，他强调要联系当时国内外的形势，使学员认清形势，明确当时的政治任务，努力为完成党提出的各项政治任务而奋斗。在军事教学上，李振亚身体力行，每节军事课都把毛泽东的军事思想、军事理论与一些战例结合起来，讲得生动透彻，还经常利用自制的教具（如沙盘等）进行直观教学，学员学习起来易懂明了，教学效果十分显著。此外，李振亚还结合粉碎敌人的"扫荡"，组织军事实习，有时自行组织战斗，有时协同部队作战，让学员把学到的军事知识和军事技术应用到实战中去。

1941年11月，当学员学习了"奇袭战"这节课后，李振亚就亲自率领几个排级学员和当地独立第九中队短枪班战士先到兴隆日军据点附近进行侦察。准确地掌握敌情后，大家就化装成"顺民"给日军送粮食，突然袭击了该据点的日军，缴获轻机枪一挺，长、短枪7枝，弹药一大批，而我军毫无损失。

战斗结束后，李振亚带领奇袭的战士扛着胜利品，回到根据地北龙乡加荣村。乐万县抗日民主政府召开祝捷大会，有数千名群众参加。李振亚和乐万县县长陈克邱在大会上做了讲话，动员青年参军，部队迅速扩大到200余人。12月成立独立特务大队，独立总队派第一支队第一大队政委陈武英任大队长兼政委，大队下辖两个中队。

这就是李振亚边培养干部边扩大部队的办法。

每次战斗结束，李振亚都要组织学员进行讨论，总结经验教训，从而加深学员对军事理论的理解与认识，使学员真正掌握毛泽东的军事思想，学会运用灵活机动的抗日游击战争的战略战术。

琼崖抗日军政干部学校自 1941 年 6 月正式开学上课，到 1942 年 11 月止，一年多时间里先后办了两期，每期 5 个月，学员 100 多人，两期合计300 多人，为部队和地方党政培养和输送了一大批优秀干部。

在琼崖纵队，李振亚是总队参谋长兼军政学校校长和政委，后又兼第三支队队长。1942年夏，乐万县县委书记陈乃石派徐清洲同志到陵水，了解到陵水县县委工作已经瘫痪，抗日队伍受到严重打击，回来后向县委汇报。县委认为情况严重，陵水是黎族聚居的地方，日军和国民党顽军都在争夺这处地方。

乐万县县委、县政府领导人找李振亚共同研究，李振亚兼琼崖纵队第三支队队长，有责任打开陵水的局面。但如何去？第三支队主力不能调动，只能带精干的队伍去打击敌人，发展抗日武装，组织敌后武工队。他们以组织敌后武工队的意见请示特委，特委批准开展陵崖保乐新区工作，由李振亚负责。

1942年11月，李振亚带领一支20多人的短枪队（梁仲明为队长）开往陵崖保乐地区。这时王超怀第二孩子已9个月了。听到李振亚又要带短枪队开进敌后，

陵水县苏维埃旧址

她哭了。

美合事变时，王超怀着第一个孩子，随总部机关和军械厂转移，在这片山林住两天，又转到另一片山林住两天。没有床，就睡在地上。粮食越来越困难，开始每人一餐两个饭团，后来一餐一个饭团，最后只能吃一碗稀饭。护士看她行军很困难，帮她背行李。他们在山林里转了一个月，后来与特委、总队失去了联络。军械厂主任陈大新和陈克坡、黄昌义两个技师商量，决定到昌江去找张开泰的第四大队。这样大家砍竹子、扎竹排，把25个人渡过南渡江，走到黎母山下的保鲁村时，由于白沙县有国民党部队，无法通过昌江，他们便在黎族同胞的帮助下，在山林里搭草寮住下。1941年3月，陈主任派陈克坡等人由王文会、王光浩带路找到总队派来接军械厂的吴进贵同志，军械厂的同志返回琼文抗日根据地。陈主任见王超肚子很大，担心她途中劳累有流产危险，动员她留下。当时，王超确实行走困难，为了不给组织添麻烦，便同意留下。陈克坡病重，林诗栋脚烂，二人也留了下来。为了掩护他们，黎族同胞王光浩、王文会送他们到离村子不远的山沟里搭草寮住。当地黎族同胞轮流给他们送米。1941年6月，王超的产期到了，他们在田边树林里的水沟旁用芭蕉叶给王超盖了一个草寮，让她住在里面分娩（因为她是外来妇女，按黎族人的习俗不能在他们的房屋里生小孩）。在黎族阿婆的照料下，王超产下一个女孩。当时还是青黄不接的时候，只能吃野菜、野芭蕉芯煮的稀饭，王超奶水不足，因此不到一个月孩子就夭折了。

1941年9月，王超经过千难万险终于找到特委的联络处，由李定南带她回总队。而此时，李振亚又去了万宁县六连岭办琼崖抗日军政干部学校。在总队，冯白驹见她瘦得皮包骨头，满脸汗毛长长的，头上虱子蛋一串串，浑身上下都是疥疮，便说："王超同志你回来了，很好。美合事变你受了很多苦，你能以一个共产党员坚强的革命意志战胜它，你是经得起考验的好党员！你现在身体很弱又有病，我派冯质夫医生给你治病。李振亚同志在万宁办军政干部学校，我会把你回来的情况告诉他的。"经过一个多月的治疗，王超的身体逐渐恢复了健康。1942年2月，特委调王超到琼崖抗日军政干部学校和李振亚一起工作。当她一见到振亚，就忍不住哭了起来。

这次李振亚又要离开，王超泪流满脸。

李振亚通过组织安排王超到军械厂工作。

李振亚出发前给王超搭了一间草寮，并让警卫员蔡文辉留下照顾王超，还从地方政府找来一位女同志，帮助王超准备分娩。临走时，他对王超说："这是革命的需要，别难过，革命军人的生活就是这样。以后革命需要，组织会把我们调到一块的。"王超流着眼泪又一次为他送行。

李振亚在短枪队出发前进行战前动员。他说："同志们，我们20多人个个带的是短枪，是不能跟敌人硬拼的，只能是智取，这样必须依靠人民群众掩护。我们的任务是恢复发展陵崖、保乐地区的抗日根据地，打击小股日军驻地，偷袭日军的物资和军火库，分化瓦解依靠日军的伪军，打击破坏抗日的国民党顽军和恶霸反动武装，坚定群众抗日的决心！"

短枪队员受到鼓舞，开心地鼓掌。

李振亚举手让大家安静，然后严肃地说："同志们，别高兴得太早，在敌后斗争是非常艰难的任务，我们必须依靠群众！因为我们斗争方式是分散进行隐蔽，集中以打击敌人，如果没有群众掩护和提供情报，不但不能歼灭敌人，反而会让敌人消灭我们。"

短枪队员听了他这话，顿时安静下来。

李振亚问："队员中谁有可靠亲友在这个地区的？"

有10个队员举起手来。

李振亚高兴地说："好！有地下组织，加上有10个可靠的'堡垒户'，我们就一定如鱼得水，能争取胜利！"

1942年11月间，李振亚率领第三支队短枪队20余人直达保亭县龙则村山寨。当时龙则村山寨是保亭抗日民主政府秘密接洽处驻地。李振亚一到接洽处后，立即召集在陵保地区进行地下工作的同志来向他汇报情况，以此了解敌情，寻机打击敌人。接洽处主任是林泉同志。李振亚和林泉分析敌情，林泉认为当前敌情较为综错复杂，但目前较为好打的是日军的一个孤立据点，就是什玲据点，驻扎在据点里的是日军十六警备队一个小队，配备重机枪、轻机枪、手提机枪各一挺，还有三八式步枪。李振亚认为这个主意好，首先歼灭日军，对其他敌人就能起震慑作用。

林泉指派主持七弓坚固村交通站工作的王雄跟随短枪队行动，由短枪队领导指挥。

王雄被派进入保亭什玲日军据点侦察。他化装成为据点运送粮食和生活用品的民夫，进入据点仔细观察，回来后，画出据点日军的火力示意图，向李振亚报告。李振亚听完王雄的报告，详细询问示意图中日军火力布局，然后高兴地说："好，有轻重机枪，是条大鱼，把它拔掉！"

傍晚，李振亚召集短枪队员对着示意图部署："梁仲明，你带第一组队员负责爆破日军据点的大门；我带第二组队员负责冲进歼灭楼下日军；第三组不要管我们，爆炸声响，直冲二楼歼灭敌人，封锁楼顶的哨兵。这次动作一定要快，歼灭敌人后马上撤出！"

众队员应道："明白！"

深夜，由王雄做向导，早已埋伏的短枪队员在爆炸声中冲进日军什玲据点，歼灭了这个据点里的日军官兵20多人，缴获重机枪、轻机枪、手提机枪各一挺，还有三八式步枪。

什玲战斗的胜利，大大鼓舞了抗日军民的勇气，坚定了抗战必胜的信心，震撼了敌人。日军首领被激怒，要彻查是哪个部队进攻什玲据点，并扬言要进行报复。

打掉什玲日军据点首战告捷，李振亚把缴获的重机枪调回总队第三支队，以增强支队的装备，把手提机枪留在短枪队，把轻机枪和三八式步枪交给林泉成立警卫小队，以保护接洽处，林泉非常高兴。

短枪队稍事休整后，林泉根据收集情报分析，提出要进入国民党统治区，歼灭最反动的国民党游击大队队长梅有仁。梅有仁是保亭县极反动、极顽固的反共分子之一。他专门摧毁我党地下组织，杀害抗日人员，并且和日军勾结，向日军提供抗日部队活动情报。对林泉的建议，李振亚也同意，歼灭日军据点，必须同时歼灭这股反动顽军，打掉日军的耳目。

李振亚派王雄和卢鸿川进入国民党统治地区的八村，侦察国民党军营。他们回来后报告，梅有仁的游击队军营有40多人，分别住在三间平房里，有轻机枪一挺，在第一座营房；其余都是步枪；分队长是驳壳枪。

李振亚召集短枪队进行战前动员："他说，这次是进入国民党统治区，我们要化装，要隐藏好武器，歼灭敌人后迅速撤离。第一组有冲锋枪，跟我解决有轻机枪的第一座营房，第二组和第三组分别解决第二、第三座营房。动作要快！结束战斗后，将武器弹药拿走，把敌人捆起来，把他们的营房一把火烧掉！"

众队员齐声说："是！"

短枪队员化装潜入敌占区。深夜，发起攻击，一举全歼梅有仁的反动游击队。把几十个俘虏捆起来，放火烧掉3座营房。短枪队员撤出时，身后大火满天红光。梁仲明愤怒地对李振亚说："这些反动家伙烧百姓房子太多了！该烧死他们！参谋长，你为什么不同意？"李振亚认真地说："国民党没有和我们完全破裂，我们的主要敌人是日军。这伙人也是因为不同原因参加梅有仁部队的，不杀，就可以瓦解亲日伪军，把他们争取过来。"梁仲明点头表示同意。

这次歼灭梅有仁军营，短枪队没有抓到梅有仁。天亮时，他闻讯带国民党军队一个连赶到，见到军营被烧，人员被捆，顿足咬牙切齿地大叫："一定要灭绝共产党游击队！"

连续歼灭日军据点和国民党顽军军营，缴获大批枪支和弹药，警卫队已经拥有30多人枪。李振亚对林泉说："我们可以进行更大的行动，扩大军事影响，争取群众坚持抗日信心。"林泉建议，短枪队和警卫队应深入沿海地区，打击一批正在发展的日伪维持会。李振亚认为这是对敌占区的长途渗入、打击，危险很大，表示有些犹疑。

林泉笑着说："越是敌人认为最安全的地方，越是我们最好打击的地方。"

李振亚问："为什么？"

林泉说："日军认为沿海是他们海陆最机动地方，所以把部队也摆在五指山周围，企图封杀琼崖总队抗日部队，日军在沿海兵力是薄弱的！"

李振亚点头说："明白了，对，就是要乘虚突进，孙悟空钻进铁扇公主肚里，把五脏六腑都弄翻！"

两人决定，短枪队和警卫队乘虚突进沿海，重点打击伪维持会。

李振亚率领的短枪队和林泉带领的警卫队潜入陵水后，首先打击梁大同。此人是陵水县新村港伪维持会会长，无恶不作，投靠日军，杀害抗日人士，欺压勒索群众，群众对他恨之入骨。

李振亚带领部队夜袭陵水县新村港伪维持会。把梁大同抓起来公审、枪决，没收其全部财产分给贫苦群众。李振亚在群众集会中公开宣布：琼崖总队打回沿海地区，严惩一切汉奸卖国贼！

李振亚率领这支20余人的精锐队伍，在日军和国民党统治严密的地区时而深入内地，时而突出外线，打击敌人，宣传抗日，做好群众工作。在短短的6个月里，在军事上有力地打击日伪组织，把动摇的日伪组织头领争取过来，担任我们的乡长。七弓大田伪保长卓圣利前来投靠，短枪队于是委任他为七弓乡乡长；陵水的长兴、陵西，保亭的加达弓也选派了乡长和工作人员，基本上组成了5个乡政府。

陵水的局面已经打开，但李振亚还是不放心，敌伪人员变为乡长后，还是可以反水的，只要形势变化就有可能。他想寻找一支相对可靠的同盟军。他发现有一支黎族"昭信兵"，他们既不对抗也不投靠国民党顽军，只是守住黎族的村寨。他问林泉："昭信兵"是什么样的队伍？林泉认真地说："这是一支很复杂的队伍……一切还要从头讲起。"

原来，日军入侵黎族地区后，于1940年初胁迫黎族峒主（即首领、头人）王昭夷当了伪保亭维持会长。

但王昭夷内心并不肯屈服于日军。

1841年春，我党秘密联系王昭夷，要求他参加抗日民族统一战线。王昭夷于是同意抗日，并授意黎族地方武装不要阻挠我党在陵保地区的抗日活动，还私下为抗日做了物资储备。1942年冬天，在抗战最艰难的时刻王昭夷决心揭竿反日。不料他的行动被伪维持会副会长符学汉探悉，向日军军部告密。

一天，3名日本军官佩刀骑马来到什慢村王昭夷的住宅，通知他前往保城军部开会。

回顾1936年，堂叔王勋无中生有地诬告王昭夷通日附敌，当时国民党当局只是把他关了起来，没有杀他；然而这一次，自己的同胞向日军告密，日本人可就不会对他手下留情了。

王昭夷骑着日军赠送的大红马，尾随那3名日本军官到达保城军部时，立即被捕。日军旋即专车将其押往崖县榆林陆军司令部，进行严刑拷讯，电刑致死。从其死后浑身伤痕、周身紫黑、已无法辨认人形的惨状来看，这位曾为黄埔军校生、也曾杀害近百名红军战士的王昭夷，在日军的淫威酷刑之下并没有屈服，民族气节尚存。

日军深知王昭夷在当地黎胞中的地位和影响，遂诡称其暴疾身亡，企图掩人耳目。

王昭夷死后两日，保亭县维持会副会长符学汉和秘书张笑百奉令运回已装入杉木棺材的尸首，安置在保城县维持会内，然后通知王的亲属前来认尸。当时在南圣地区的王昭夷之妾吴觉群、堂弟王昭信等闻讯，认定日军以"认尸"为名，企图诱出王氏亲属，一网打尽。王昭信不中日军诡计，在什聘村边靠山把持武装队伍，坚避不出。认尸和料理后事则由在什聘村的亲人王昭春、王昭华、王昭民兄弟负责。王昭春等将棺材运回村旁，开棺验尸，但尸体已面目全非，无法辨认，只得撬开口腔，根据王昭夷生前长着 36 颗细小整齐牙齿的特征，认定死者确为王昭夷。

次日，什聘村村民按照黎族习俗为王昭夷举行葬礼，日军部派了两名军官带着翻译和几名伪军前来参加。在起灵柩时，村民举起粉枪，成排地对天连续鸣放，以示驱逐恶鬼，使死者灵魂归宗，日伪军官兵也立正鸣枪，虚伪地表示哀悼。王昭夷下葬在其父王维昌墓旁。当埋葬完毕，众人返什聘村后，日伪官兵才返回保城。村民议论说，日军明里参加葬礼，暗里是为监视王氏亲属，唯恐有什么不测发生。

王昭夷遇害时，年仅 38 岁。

王昭夷生有 3 个儿子：定泊、定忠、定国，两个女儿：淑贞、淑琴。王昭信只有一个儿子定球。

王昭夷死后，其堂弟王昭信发誓要杀尽日本鬼子为堂兄报仇，但他的队伍武器落后，难以公开对抗日军；对国民党又信不过，因为国民党军队几十年来几次血洗黎寨；对琼崖总队则认为队伍太小，无法依靠，因此静观其变。

李振亚听完后一拍桌子，说："你和我约他长谈。只要有民族仇恨，就一定能争取他参加抗日斗争！"

林泉说："好，我约王昭信来谈话。"

李振亚和林泉来到"昭信兵"驻地谈心，地址就在什聘村内的茶寮。一只大茶壶、几只大茶碗，他们与王昭信敬茶一轮以后，就进入主题。

王昭信笑着说："你们两位敢到什聘村，不怕我把你们送给日本人？"

李振亚轻轻一笑："敢进来就能出去，你也听说过我们琼总第三支队，在日军维持区和国民党统治区，出入是自由的！"

王昭信听后顿一下，然后说："知道，百姓说你们神出鬼没，忽而端了日军据点，忽而又打掉一个维持会，佩服！不知两位今日到来有何贵干？"

林泉说："今天想与贵军商谈，我们两军如何联合打击日本鬼子。"

王昭信感到话题沉重，沉默不语。

很久，他才问："你们琼总在四合被围歼，至今还有多少人枪？"

李振亚伸出一个巴掌："4个支队5000人！"

王昭信感到惊奇："两年多你们怎么发展得这么快？"

李振亚笑着说："共产党部队，有干部就有兵，百姓抗日情绪如干柴烈火，只要一扩大部队，一个干部带10多个兵，我们抗日军政干部学校就培训毕业了300多名军政骨干，你说有没有？"

王昭信低声说："这倒也是。"

李振亚知道已触动了王昭信的内心，就抓紧向他宣传国内形势。李振亚指出，日本在太平洋与美军的作战已处于劣势，日军伤亡很大，不断从中国大陆抽调部队、送往太平洋战场。而国内八路军和新四军正在不断展开全面攻势，收复被日军占领的乡镇和县城，日军已进入全面军力衰竭阶段。

李振亚认真地说："现在你们愿意联合抗日部队歼灭日军，将来你们就是民族英雄！"

王昭信痛苦地叹口气："我们不想当英雄，我们被日军打怕了！"

林泉激动地说："那你大哥王昭夷的仇不想报了？！"

王昭信痛苦地沉默。

李振亚看出王昭信内心的动摇，觉得哪怕不能再逼他联合打鬼子，起码能争取他支持抗日，就轻声地说："不要紧，有什么话就说出来吧。"

王昭信说："这样吧，我们不参加出击，但我们支持你们抗日。我们这两支部队可以互通情报、互不侵犯、各自活动。"

李振亚拿起大碗茶，高兴地说："好！一言为定，我们成为真正的友军！"

三个人把大碗茶一饮而尽。

这次商谈以后，王昭信率领的武装力量开始参与抗日。从1941年到1944年，黎族百姓所称的"昭信兵"与日军进行正面作战达27次之多，共击毙日军40多人。尤其是1942年底，他们两度伏击日军，炸毁军车两辆，击毙20余人，缴获武器20余件，直接打击了日军的有生力量，造成很大的震动。由于王昭信在保亭地区牵制、打击敌人，打乱了日军对中共领导的抗日革命根据地的军事部署，分散了日军的兵力，对巩固和发展共产党的抗日民主政权产生了积极的作用。王昭夷的家乡七弓峒地区也逐渐成为中共陵保区工委领导抗日的红色地区之一，还建立起了抗日民主政权。

"昭信兵"还积极配合中共琼崖抗日独立总队在保亭地区的抗日军事斗争。1942年11月，李振亚带领短枪队袭击七弓什岭日军据点，王昭信、王昭英带领黎族民众抗日武装切断了敌人的通信线路，并在保亭至什玲途中的什逊桥伏击日军援兵，打死日军30多人。

1943年2月，特委决定成立陵、崖、保、乐边区办事处，并派张开泰同志主持办事处工作。领导班子安排好后，召开了边区的区、乡党政干部和黎、苗、汉等族人民代表大会，宣布陵、崖、保、乐边区办事处正式成立，张开泰为办事处主任，林泉为副主任，边区党工委书记是林浩，办事处归属乐万县县委、县政府领导。李振亚在大会上阐明了抗日的形势和前途，号召各族人民团结在办事处的周围，高举爱国主义旗帜，打倒日本帝国主义。他的话音刚落，全场响起雷鸣般的欢呼声、掌声。

同年3月上旬，李振亚完成了外线出击开展新区工作任务后，特委调他回总队工作。他于3月下旬带领短枪队回到六连岭根据地。

李振亚从陵水回到六连岭，看到自己可爱的孩子，又抱又吻，非常高兴。

王超脸上也有了欢乐的笑容。不久，特委又决定把李振亚调回总部去工作。王超刚生小孩不久，确实需要他在身边，孩子也需要父亲。可是，偏偏在这个时候夫妻又要分离了，李振亚连孩子的名字也没来得及起。他临走时对妻子说："革命夫妻注定是聚少离多，你原谅我吧！"

王超含泪地点头。

1944 年秋，奉中央军委命令，琼崖独立总队改编为广东省琼崖抗日游击队独立纵队（简称琼崖独立纵队），冯白驹任司令员兼政委，庄田任副司令员，李振亚任参谋长，王白伦任政治部主任。纵队下辖 4 个支队，共 5000 余人。

琼崖纵队经过多年与日军和国民党顽军的血战，终于壮大了力量，是应该发展扩大根据地的规模，为将来反攻做好准备了。

如何扩大根据地？琼崖特委进行深入研究讨论。

抗战初期，周恩来代表党中央向琼崖特委指示：必须逐步把五指山根据地建设好。1945 年初，党中央又指示琼崖特委应该扩大巩固中心根据地，积蓄力量，准备反攻，迎接抗战的最后胜利。

五指山区位于海南岛的中心，聚居着黎、苗等族人民。那里山高林密，地势险要，在军事上易守难攻，战略地位十分重要。

五指山挺进支队指挥部旧址

　　但如何在五指山建设中心根据地，有没有条件建立根据地？琼崖特委进行了专门深入的讨论。

　　在琼崖最早开展武装斗争的纵队司令冯白驹认为，挺进五指山建立中心根据地已经具备条件，因为五指山黎、苗民族聚居的白沙县一带，为抗日队伍建立了坚固的群众基础。他分析了五指山黎、苗族人民白沙起义的历史情况，认为五指山能够建立中心根据地。

　　白沙起义使黎、苗族人民投向琼崖纵队。

　　抗日战争爆发，日军入侵琼崖后，国民党顽固派为了保存实力，消极抗日，溃退到五指山区，以白沙地区为后方。当时五指山区挤塞着国民党琼崖守备司令部、琼崖专员公署，以及儋县、临高等8个流亡县政府。一大批国民党的反动军政官员连同他们的眷属如蝗虫、毒蜂一般拥进五指山区。他们对当地的黎、苗族人民横征暴敛、敲诈勒索，视黎、苗族人民如草芥，对其任意奸淫凌辱杀戮，使黎、苗族人民陷入水深火热之中。

1943年春节前后，黎族大总管、白沙县红毛乡乡长王国兴在红毛乡德伦山和什千山两次召开黎、苗族首领会议，讨论武装起义反抗国民党统治事宜。会上首领们一致推选王国兴为起义总指挥，并决定8月17日为起义的日期。

6月，琼崖国民党顽固派当局在中平村灭绝人性地枪杀了1900多名苗胞，制造了骇人听闻的"中平惨案"。

黎族和苗族同胞共居五指山，世代相处，有着共同的遭遇和命运。"中平惨案"在五指山区黎、苗族人民的心中引起了强烈的震撼，更加激起他们对国民党反动统治的深仇大恨。王国兴随即召开首领会议，并杀鸡饮血发誓：（一）同心同德，驱逐国贼（国民党反动派），黎、苗族自治自理；（二）同生共死，永不叛变；（三）谁投降国贼，就杀死谁。

8月12日，白沙起义爆发。至26日，历时半个月，参加起义者两万余人，打死打伤敌人300余人，缴获轻机关枪一挺、步枪90余支及一批弹药物资。白沙县境内的国民党政府的军队几乎全部逃离白沙县境，起义取得了初步胜利。

9月中旬，国民党顽固派当局纠集1000多人的兵力，分三路向白沙反扑。各路起义首领率众英勇抵抗，后因缺乏作战经验和粮草弹药供应不上，被迫撤到鹦哥岭、什寒山一带坚持斗争，白沙起义受到挫折。国民党军对起义的群众和村庄进行疯狂的报复，五指山区到处燃烧着熊熊大火，到处躺着被屠杀的无辜民众。

白沙起义失败后，王国兴、王玉锦等人在弹尽粮绝的情况下，带领近200人的起义队伍撤退到鹦哥岭和什寒山一带坚持斗争。国民党军队的封锁加上饥饿和疾病，无时不在威胁着起义者的生命。在这支队伍处于生死存亡的紧要关头，王国兴表现出非凡的勇气。他对同伴说："我们大家活在一起，死在一处，绝不向国贼低头！"王国兴想起许多共产党、红军闹革命的传闻。他的父亲王政和老人临终前曾对他说过："世上只有红军是不会欺负咱黎人的。"他也听说独立总队既打日本鬼子又打国贼，厉害得很，他想那可能就是共产党，就是红军。于是，王国兴兴奋地对大家说："我们海南岛肯定也有共产党、也有红军。找红军去，这是我们唯一的出路！"

王国兴选派吉有理、王文聪、王高定3人为代表，由略通文墨的王高定写了一张请求红军派兵讨伐国贼的呈文。在代表们出发之前，王国兴再三叮嘱："只有找到红军，我们黎人才有生路，你们一定要想办法找到红军！"代表们说："大总管放心吧，找不到红军，我们就不回来见你！"

三人秘密地潜下鹦哥岭，选择没有道路、渺无人烟、荆棘丛生的深山老林、悬崖峭壁行走，绕过敌人的重重封锁线，经过一个多月的艰苦跋涉，历尽千辛万苦的黎族起义者的代表们找到共产党领导的抗日独立总队时，已经疲惫不堪。他们披头散发、胡子拉碴、面黄肌瘦，一条白藤扎在腰间，那上面吊着的用以遮掩下体的"扁辫"已经被沿途的荆棘撕成了破布条。县委书记李汉、县长符英华，以及驻在该地的琼崖抗日独立总队第四支队支队长马白山、政委陈青山接见他们时，看到眼前的情景，泪水都禁不住流了下来。代表们一下扑到他们面前，激动地边哭边喊："红军啊！共产党啊！你们原来在这里，快去救咱黎人吧！"接着，他们郑重地取出呈文。呈文的大意是：黎人受国贼残害，被迫反抗，现今被围深山，眼看要被剿灭，特求红军火速解救。三天之后，马白山、陈青山等派第四支队政治处主任江田带领吉有理等三人，到澄迈县六芹山的特委和独立总队部驻地见冯白驹。

冯白驹高度评价了白沙起义，勉励黎族同胞再接再厉，继续坚持斗争，表示中共琼崖特委和琼崖抗日独立总队坚决支持他们的正义斗争，并决定先派干部和武工队到白沙熟悉情况，进行宣传和组织工作，然后再派部队帮助他们抵抗国民党顽军。

冯白驹和琼崖特委指示临儋联县委和独立总队第四支队派出得力人员组成武装工作组，随黎族代表前往鹦哥岭，帮助王国兴组织武装，坚定他们坚持斗争的信心，为独立总队进军白沙做好准备。县委和第四支队派出廖之雄、王茂松（王昌）等4人组成武装工作组，带着琼崖特委和独立总队的关怀，带着黎胞山区斗争急需的火柴、硫黄、弹药和衣服等物品，由吉有理带路向鹦哥岭出发。王国兴见到廖之雄时，热泪盈眶地说："日盼夜盼，父母军终于盼来了，五指山出太阳了！"

特委讨论后，一致认为五指山具备了建立中心根据地的群众基础。

李振亚与纵队副司令员庄田认真研究后，向琼崖特委和琼纵提出成立一支部队，以集中力量开辟五指山中心根据地的建议。琼崖特委讨论后迅即采纳这一意见，决定从琼纵第一、二、四支队中各抽出一个主力大队，组成挺进支队，作为开辟五指山中心根据地的主力部队，任命李振亚兼任挺进支队支队长，符荣鼎为政委，张世英为副支队长。

根据纵队的命令，挺进支队组建时序列如下。

支队长：李振亚（兼）　政委：符荣鼎　副支队长：张世英

政治处主任：王卓群（后林明）　副官主任：文宝庆

由第一支队第一大队编为挺进支队第一大队。

大队长：伍向华　政委：林明（后李福文）　副大队长：韩飞

一中队中队长：黄汉强（后魏学良）　指导员：范运进

二中队中队长：刘英豪（后黄良德）　指导员：陈有梧（后符力坚）

三中队中队长：袁仕茂　指导员：陈继伟

由第二支队第一大队编为挺进支队第二大队。

大队长：韩凤元　政委：陈国风　副大队长：童光富

四中队中队长：符会旭　指导员：吴以怀

五中队中队长：符和义（后王明学）　指导员：严精英

六中队中队长：詹挺新　指导员：符行之

由第四支队第一大队编为挺进支队第三大队。

大队长：王山平　政委：符致东

七中队中队长：冯位才　指导员：□□□（佚名）

八中队中队长：张博飞　指导员：林天生

九中队中队长：肖焕耀　指导员：冯裕进

这3个支队的主力会合、组编成新的支队，在琼崖纵队的发展史上是件重要的大事，本应召开大会，进行集中动员，但由于当时各个大队分散驻防，环境和战情不允许部队集中。因此，挺进支队只是召集大队以上的干部开了个小会，宣布总部成立挺进支队的决定和各级干部的任命名单，并进行了挺进五指山的战前动员。

李振亚负责指挥挺进支队。为了建立五指山中心根据地，他用尽全部心血从政治上、军事上培养这支部队，由此谱写了一个又一个动人故事。

宣告挺进支队成立的干部会议开完后，他对各大队领导进行军政训练动员。

李振亚风趣地对大家说："要进山打山猪，先得身强艺精，整训就是通过提高大家的政治觉悟、军事动作，使大家身强艺精去打山猪！"他掌握大队干部思想脉搏，当时，有些干部和战士认为，挺进支队是由各个支队的重点大队组建起来的，是琼崖纵队的主力，兵精将良，武器装备也相对好些，要打胜仗，那好比闭眼吞荔枝——容易得很。李振亚在会上给大家讲《三国演义》《水浒传》中的许多战例，用生动的故事来启发大家，使大家懂得骄兵必败的道理，从而自觉地戒骄戒躁，自觉地学习军事技术，提高军事素质。

他认真地说："同志们，建立中心根据地不是容易的事，光会打胜仗还不行，还要学会处理军民关系。五指山是少数民族地区，要尊重他们的风俗习惯，我们一定要强调纪律，从我做起，违犯就要检讨处分！"

李振亚说到做到，在挺进五指山中，他不断端正部队的作风。阜龙一带，有成片的芒果林，茂盛的枝叶遮天蔽日。部队便在这天然的"帐篷"——芒果林里宿营。时值盛夏，金黄色的芒果挂满枝头。一大队有几个战士忍不住偷偷摘了个把来尝鲜。李振亚知道后，既不直接批评这几个战士，也不让他们做什么检讨，而是出了这么个讨论题——"如果国民党的军队从芒果林经过，摘不摘芒果"让大家讨论。在大家讨论的基础上，李振亚再总结、提高，从而使大家认识到，摘和不摘芒果，事情虽然微小，但却反映了两种军队的根本区别。我们是劳动人民的军队，是为着人民利益和民族利益而战斗的，对于人民的利益必须秋毫不犯。只有自觉地执行"三大纪律、八项注意"，自觉地维护人民群众的利益，才能得到人民的拥护和支持，才能立于不败之地。那几个偷摘芒果的战士明白道理后，自觉找领导做了检讨。经过讨论和教育，大家都增强了维护人民群众利益、遵守纪律的自觉性。睡觉时，熟透了的芒果砸在身上、碰到头上，大家一个也不吃，都主动捡起来，集中给果林的主人送去。深受感动的果林主人觉得过意不去，便摘了几大筐黄澄澄的芒果，硬要给战士们吃，并且还说，如果大家不吃，就是跟群众不是一条心。后来，还是李振亚让后勤人员做了工作，照价付钱买下芒果分给大家，才平息了这场"风波"。

在这次军政训练中，符荣鼎政委也给部队上了很好的政治课。别看符荣鼎平日沉默寡言，他话不多说，一说就说到点子上。他上的"黎族人民的苦难和反抗"这一课，给大家留下了深刻的印象。当时，部队进入白沙的黎村山寨时，经常看到面黄肌瘦、衣不遮体的黎胞和他们居住的破草寮。符荣鼎便让大家从这些有目共睹的现象上追根溯源，揭露国民党军队不抗日，却躲进五指山区横征暴敛、奸淫掳掠、奴役黎族同胞的滔天罪行。然后讲述了黎族同胞在"七月起义"中不怕流血牺牲、前仆后继，曾一度赶跑国民党军队的英勇事迹，从而激起了干部、战士们的阶级义愤。原先有些同志看到穿树皮、披布片的黎胞，还讥笑他们落后、不开化，但经过教育后，他们对黎胞的悲惨生活都深表同情。不少同志还向党支部表了决心，要为黎胞报仇雪恨，痛杀匪兵，把黎族同胞从苦海中拯救出来。

李振亚严肃执行纪律，但关心战士的情谊重如山。他常说："部队的战斗力就是战士，平时关心好他们生活，战时他们就是猛虎！""战前指挥员必须靠前侦察，进攻战士伤亡就少。"这已成为他带兵的格言。

他总是和普通士兵一样，不搞半点特殊。他对战士无微不至地关心和爱护。部队宿营时，战士入睡后，他还得巡查一番，看看岗哨情况，看看战士睡铺受不受潮，睡时盖不盖被。

一天深夜，在巡查中，他突然听到哗啦一声水响，急忙用手电筒一照，发现有人从树上跌落河水中。那人正在挣扎间，李振亚跳入水中把人营救上来。落水者是交通员李运高同志，此刻他浑身湿淋淋地在发抖，李振亚见警卫员来了，连忙说："快把我背包里那套干衣服拿给李运高同志换，免得凉着！"为李运高换上干衣服后，李振亚又叫警卫员生火把李运高的衣服烤干。

原来李运高是为了省去搭铺架的麻烦，又不想睡草地受潮，便爬上一棵斜向河边的树干上睡觉，谁知惊动了树上的蚁巢，蚂蚁倾巢而出，李运高慌忙拍打间，一不留神跌落河中。他不熟水性，幸得李振亚营救。

当时，许多战士是讲海南话的，为了与战士们沟通交流，李振亚觉得必须学习地方方言。初到海南不懂海南话，只会讲普通话和广西白话，他讲战士听不懂，战士讲他也听不懂，简直是鸡同鸭讲。但是他勤学好问，不到半年工夫便学会了一些半咸不淡的海南话，有时把普通话、广东话、广西话、海南话"四合一"混在一起讲，引得指战员捧腹大笑。由于他不耻下问、虚心学习，不到三年，终于听懂了海南话，也基本会讲海南话了。

李振亚非常热心教战士学军事、学理论、学文化，还教他们唱歌。琼总战士，尤其是警卫员、通讯员、勤务员这班小鬼，多是不识字的，他首先教战士写字，让他们用树枝在地上学写字。后来买到纸和笔了，就教他们用铅笔写在纸上。先从简单的"人"字、"火"字教起，再教"革命""战士"等比较复杂的词，由浅入深，由简到繁，如"人人人，我们都是有骨气的中国人"；"火火火，日本鬼子杀人放火"；"血血血，中国人民流着血"……他把教的字编成歌，既教唱歌，又教识字。他还教了许多长征、抗日的歌。这些也是战士学文化的课程。比如他教唱的歌有"游击队，紧握枪，装好子弹，瞄准敌人，一枪打一个敌人，迈步向前进""向前！向前！向前！我们的队伍向太阳……""大刀向鬼子们的头上砍去……""我们都是神枪手，每一颗子弹消灭一个敌人……""我们的党生长在战斗里，我们的党在战斗里生长……"等，很多歌，一些老战士至今还会唱，只是记不得歌名了。

他教战士学写字和唱歌，这是由于他有在红四方面军当过娱乐股股长、在抗大学习当过中队长的功底，只读过两年私塾的人，也就教战士学文化和唱歌可以运用自如了。

部队向五指山腹地进发的时候，国民党守备二团后勤人员吴清芬携带一支手枪前来投诚。李振亚、符荣鼎和张世英经过研究后，认为吴清芬的投诚正好为挺进支队深入虎穴、了解敌情提供条件，便做出决定，准备好干粮，由吴清芬带路，由张世英带领两名警卫员和两名驳壳班战士深入敌巢侦察。

张世英一行六人在一个星光微弱的夜晚出发。为了隐蔽，专抄小道走，一会儿爬悬崖，一会儿跨沟壑，还得时时避免猛兽、毒蛇的袭扰。经过一夜的艰苦跋涉，于天亮之前，他们终于顺利到达罗任，攀上了罗任岭。

罗任岭，山峦连绵，紧紧环抱着国民党守备二团苦心经营的巢穴——罗任。登岭俯瞰，岭下的地形、地物、敌营、仓库尽收眼底，而岭上热带丛林繁芜茂密，正是借以隐蔽侦察的好屏障。经过 3 天的侦察，敌情弄清楚之后，张世英即借着夜色的掩护回到部队驻地。

张世英侦察小组回到部队驻地的第二天早上，李振亚、符荣鼎、王卓群和张世英几个支队干部在芒果林里的一块空地上研究酝酿作战方案。当张世英汇报了侦察情况后，李振亚若有所思地说："这块骨头不好啃啊！"

几个人讨论了一番之后，都深感要攻陷敌巢并非易事。因为要攻陷罗任，首先就必须打通罗任的必经之道——合口，消灭敌人的前哨连。而我军一旦向合口守敌发动进攻，枪声便会惊动敌巢，罗任的敌人必然会从容做好准备，凭借工事，进行固守。在兵力对比上，我们并不占有优势。如果我们一拿下合口，就立即向罗任敌巢鲁莽发起强攻，不但无法捣毁敌巢，说不定还会被"毒蛇"咬一口。

然而，守备二团这只山狐狸再狡猾，也斗不过李振亚这位经验丰富的老猎手。他在听取、集中大家智慧的基础上，想出这样一个攻陷敌巢的作战方案：首先派出一个大队，以迅雷不及掩耳之势，一口吞掉驻合口的敌人前哨连。然后，部队兵分三路向敌巢发起攻击。第一路绕道罗任，直插南挽村的敌军械厂，吃掉敌人的警卫连，来个声东击西、调虎离山，吸引罗任的敌人向军械厂增援；待罗任之敌向军械厂出援后，暗中向罗任接近的第二路部队开始佯攻，从东南方向直接向罗任敌巢发起攻击，并负责切断敌人的退路。

其次，另一路作为主攻部队，以优势兵力发起强攻，拿下白水港村，作为向罗任进攻的突破口，迅速向敌巢紧逼，把敌人歼灭在罗任。各大队的向导均由随支队行动的民族解放团战士担任。

作战会议要求两天内完成一切战斗准备，并决定由张世英率领第一大队，完成歼灭合口守敌前哨连的任务。

次日凌晨，当启明星还在夜空眨眼时，张世英率领第一大队来到了紧挨合口村的山岭上。借着朦胧的夜色，可以隐约看见合口村的轮廓，挂在敌哨棚上的风灯不时闪烁着阴森的幽光。合口村背山临河，地形对我十分有利。根据侦察掌握的情况，张世英决定分成两路合击，掩蔽接敌，突然猛攻。布置完毕，两支队伍便像两支利箭航无声无息地快速插向合口村。

枪声打破了拂晓的宁静，整个合口村顿时像爆豆似的沸腾起来。敌人的哀号声和枪声、爆炸声混在一起。有的敌人懵懵懂懂地从梦乡中惊醒，还不知道是怎么回事就当了俘虏；有的敌人正想负隅顽抗，就被撂倒了。更可笑的是，睡在合口村边的一个班的敌人听到枪声后，跳下床就慌慌张张往外逃命，在合口村的河边被我们的战士截住时，什么洋相都有，有的光着上身穿着裤衩，有的用军衣包住下身，一个个像瘟鸡似的耷拉着脑袋。由于战士们动作迅猛，不到20分钟便结束了战斗。敌人除少数逃脱外，大部被歼。

张世英率第一大队拿下合口村不久，李振亚、符荣鼎也带着第二、第三大队和第四支队的第三大队赶到。接着，二支队别动队也在陈求光副支队长的率领下赶来。此时，李振亚认为进攻罗任的口子已经打开，便由挺进支队第三大队派一个中队向罗任方向警戒，其余部队就地休息。晚上仍由张世英率领第一大队偷袭敌人军械厂，由四支三大队和二支别动队佯攻罗任，由挺进支队第二大队、第三大队向白水港村发起主攻。受领任务后，张世英思忖着：合口一仗后，敌人必然会密切注视我军的动向。为了达到既捣毁敌兵工厂，又能吸引敌人援兵的目的，他和第一大队的干部做了研究后，决定以两个中队分进合击，一个中队为机动使用并迅速插向南挽村，利用夜色偷袭敌人兵工厂。

凌晨4点，南挽村的敌兵工厂死一般的寂静。奔袭兵工厂的突击队一声不响地解决了敌哨兵以后，立刻像一群夜猫子般冲进兵工厂，把睡得像死猪般的敌人包围了起来。瞬间，冲锋枪、驳壳枪像爆豆般响了起来，手榴弹的爆炸声中夹杂着敌人的号叫声。敌人完全被突袭打懵了，很快就失去了抵抗力，残存的敌人纷纷举手投降。

战斗刚结束，突击队的战士正打扫战场时，突然又一股敌人向突击队发起了攻击。在敌人密集的枪声中，突击队有几个战士负伤倒地。原来，守卫兵工厂的敌人知道合口失守后，就派出一个排在南挽村通向合口的路上警戒，但他们万万没想到，突击队却像天兵天将似的绕过了他们的警戒线，向兵工厂发起了袭击。警戒的敌人听到枪声后，便赶回兵工厂救援。面对敌人的突击，突击队迅速占领有利地形，很快就把敌人打得落花流水，又俘虏了一批敌人。

南挽村袭击敌兵工厂的战斗打响后，罗任的敌人果然乖乖地听从他们的调遣。太阳初升时，前来增援的一营敌人就赶到了南挽村村北。为了更好地牵制敌人，张世英率领第一大队假装畏战溃逃，引诱敌人追赶。愚蠢的敌人果然又上了当，真的紧紧追来。就在他们从南挽村撤退不久，罗任方向传来了激烈的枪炮声。张世英知道，向敌巢进攻的战斗打响了。

尾追他们的敌人听到罗任方向枪声大作，知道上了当，便想赶回罗任救援。哪知张世英只以一个小队吸引敌人，主力已经巧妙转移到敌后，切断敌人的退路了。这时，敌人看到老巢危急，早已军心动摇，而退路被阻，更是无心恋战。第一大队战士一冲击，敌人就被冲得七零八乱，连不成连、排不成排，一个个跑得比兔子还快，争相夺路逃命。

张世英所部在击溃了敌人之后，便按照预定的作战方案向罗任方向靠拢。赶到罗任时，战斗正在激烈进行。固守白水港村的敌人正在占据有利地形，用猛烈的火力阻击我军，双方一时形成对峙。在这种情况下，李振亚决定集中兵力，首先解决白水港守敌，并迅速调整了作战部署，把张世英率的第一大队调往白水港，加强攻击力量。由于我方在兵力上占有绝对优势，经过一番激战，终于攻陷了白水港村。

白水港村与敌巢罗任只有一坡之隔，白水港村一失守，敌巢便陷入四面包围中。于是,敌营顿时军心动摇。为了不给敌人以喘息时间,白水港村战斗一结束,挺进支队各路部队便同时向罗任守敌发起猛烈攻击。在我军的夹攻下,罗任守敌很快就土崩瓦解,纷纷夺路逃窜。敌人一溃逃,琼崖纵队的战士发扬了连续作战、勇猛顽强的战斗作风,穷追猛打残敌,一直把散敌追出几公里远。曾在五指山区不可一世的,骑在黎、苗同胞头上作威作福的国民党守备二团,被我军打得焦头烂额。罗任一战,我方缴获了大量枪支弹药和物资。而龟缩在罗任,依仗守备二团狐假虎威的白沙、儋县、临高等几个县的国民党流亡政府,也在挺进支队的打击下销声匿迹了。

挺进支队打下罗任后,便抓紧时机,一方面进行休整,一方面总结战斗经验。

李振亚除了抓干部的军事、政治学习并提高干部的作战指挥能力,还注意抓部队的管理教育,克服个别干部中存在的惩罚士兵的军阀作风。打下罗任后不久,有一次,一个中队的炊事员把一锅饭煮烂了,这个中队的队长便在地上画了一个圆圈,罚那炊事员在烈日下足足站了两个小时。李振亚知道这件事后,不是当面批评那中队长,而是找他谈话,启发他:"如果是你的亲人把饭煮烂了,你会这样对待他吗?"使那中队长认识到,革命队伍中的官兵关系,应该像兄弟一样亲密团结,对于士兵的缺点、错误,只能是批评教育,不能把旧军队中那套处罚、打骂士兵的军阀作风搬到共产党队伍中来。后来,这个中队长在中队干部会上诚恳地做了检讨,使整个支队的干部都受到了一次深刻的教育。

部队在进行休整的同时,李振亚还抽调几十名干部、战士组成工作队,深入到黎村山寨,宣传和发动群众参加革命斗争。在五指山区,由于历代汉族统治者的残酷压榨,加上国民党反动派在五指山区的烧杀抢掠,黎、苗等少数民族与汉族之间存在着严重的民族对立情绪。当我军攻陷罗任后,那些藏匿在山上的国民党散兵游勇却冒充我琼崖纵队,杀人放火、抢劫财物,使黎族群众分不清真假琼崖纵队的队伍,只要一见到扛枪的人马,就四处躲藏起来。因此,在工作队进寨之前,黎族群众早就躲上山了。

支队领导知道,领导白沙起义的黎族首领王国兴在这一带村寨有着很高的威望和很大的号召力，便让随部队行动的白、保、乐人民解放团的黎族战士站在山岭上用黎语高声叫唤："王总管已请来'答伐'（黎语，意为红色的米，由于黎语词汇少，这里借指红军）赶走国贼啦。"躲在山洞里、密林中的黎胞听到呼喊后，只是半信半疑。为了探个虚实，开始仅派了几个老人下山。老人们回到寨子里，看到工作队帮他们打扫卫生，修补茅草房，保护村寨，喂养家禽家畜，极为感动，边磕头边说："真是父母军，父母军！"

"父母军进寨啦！"这消息不胫而走，像春风吹遍了五指山的村村寨寨。躲藏在山上的黎胞们纷纷下山回寨，组织了慰劳队，并拿出藏在山里的山兰酒来慰劳工作队，黎家姑娘还用那甜美的歌喉唱起了悠扬的山歌："五指山上飞红云，红军来到傍黎村。青藤缠树永相随，黎家世代爱红军。"

黎胞群众还主动带领支队战士追剿捉拿游散在山上的国民党残兵。在工作队的发动和组织下，各个村寨的生产自救组成立了，民兵组织也建立起来了，细水、元门等17个乡还成立了抗日民主政府。翻身解放的黎族青年纷纷要求参加挺进支队，仅是红毛乡就有不少黎族青年手持粉枪、弓箭参加了部队。这时，整个白沙境内，纵横50多公里地，均成为我军的抗日根据地。1945年8月8日，白沙县抗日民主政府成立，由詹力之同志任县长，王国兴和王昌任副县长。

此时，国民党琼崖保安司令兼行政长官丘岳宋为了保住他们的五指山老巢，便决定拿出血本与挺进支队决一雌雄。他们打出最后一张王牌，由那个自诩为"天上雷公，地下杨开东"的团长率领保安六团，杀气腾腾地开赴鹦哥岭下的毛栈、毛贵一带，然后伺机反扑。

面对疯狂的敌人，琼纵司令部指示挺进支队一定要乘胜前进，打垮保安六团。为了打有准备之仗，李振业又派人前往毛贵一带进行侦察，摸清了敌人的部署情况。敌保安六团共率有两个营及乐东县100多人的敌游击大队，其团部及一营驻在昌化江边的什统黑村，第二营驻在毛阳，国民党乐东县敌游击大队则驻在毛贵峒。

在中队以上干部参加的作战会议上，李振亚诙谐地说："杨开东自吹是天上雷公，但我看他只不过是地上饭桶。他把部队摆在昌化江一线，相互距离10来公里，在什统黑至毛阳之间有从五指山流下的毛旦河，在毛阳至毛贵之间也有从阿陀岭流下的毛阳河。眼下他骄横至极，自恃兵强马壮、装备精良，竟不顾兵家之忌，两队人马隔河驻防。如果一方被袭，另一方则无法飞身过河，只能隔河兴叹，其结果是作茧自缚。因此，我们完全可以置敌一部于不顾，而集中兵力歼敌一部，再各个击破。"

经过大家的充分讨论，最后决定"击蛇先打头"，留下两个中队警戒敌二营和乐东县敌游击大队，其余力量全部投入歼敌主力的战斗。

布置完毕，部队星夜向毛栈、毛贵急速前进，由于在罗任一带尚有一些游散残匪要清剿，组织、发动黎胞，建立地方政权也还有不少工作要做，于是，支队决定张世英率第一大队一部留在罗任，巩固罗任后方。

歼灭顽敌杨开东部的战斗是在8月23日拂晓时分打响的。

部队首先向什统黑敌团部和敌一营发起攻击。由于事先侦察仔细，布置严密，战斗进行得比较顺利，一颗颗手榴弹、一串串仇恨的子弹，打得敌人鬼哭狼嚎，战斗仅进行30分钟，部队就逼近了敌保安六团的指挥部。这时，驻在毛阳的敌二营看到团部被袭，急忙出来增援，但被阻于毛旦河对岸，只好偶尔放几枪，名为助威，实为报丧。

战斗半个小时后，杨开东眼看着一营营长被打死，指挥失灵，伤亡惨重，二营增援被阻，而我突击队已经冲到指挥部，再坚持下去有被歼灭的危险，便率残敌利用江岸死角做掩护，丢尸逃窜。

战斗结束后，我军打扫战场时，在敌人指挥部的房子里翻到了关于日军无条件投降的电文。

李振亚看到这份电文，感到事关重大，立即命令传令兵策马将文件送到阜龙文豪山，亲手交给总部首长。

李振亚感到，日军投降已是既成之事，更凶恶的敌人将是国民党反动顽军，从他们不断地向琼崖纵队根据地进攻就可以看出。他对挺进支队的领导说："血战还在后头！"

在获悉日军投降消息以后，琼崖纵队总部命令挺进支队挺出五指山，向白沙集结。

挺进支队挺出五指山腹地的目的，是要占领城市、占领地盘，准备接收日本鬼子的武器，防止国民党独吞抗日胜利果实。在挺进支队插到那大镇的同时，总部也命令第一支队插到澄迈县本营榆林附近，第四支队插到儋县县城新州附近，并且要求每个支队都派出代表要求日军无条件投降，把武器交出。但驻那大镇的日军代表不但拒不交出武器，反而还蛮横无理地威胁我方代表，以维护那大镇秩序为借口，不准我方部队靠近那大镇。得知这一情况后，大家肺都气炸了。但当时在那大镇周围的部队实力有限，要向日军重兵把守的西部重镇那大发起强攻，显然力不从心；而要把部队调开，又怕国民党的部队乘虚而入，于是，支队便和日军在那大镇周围形成胶着状态。

不久，盟军代表果然到南丰圩与纵队首长谈判。在与盟军谈判的过程中，冯白驹以无可辩驳的事实，反复重申中共琼崖特委及其领导的抗日武装力量是团结抗战的中流砥柱。他说："除抗战初期国民党的某些爱国官兵曾一度和我军合作打击日寇外，整个孤岛抗日战争全部是由我们党领导的人民武装担负的。"盟军代表骨子里是要我们服从蒋介石的独裁政府，把胜利果实拱手让给蒋介石。

六芹山区险峻的鹦哥岭

根据当前形势，琼崖纵队司令部当机立断，命部队迅速采取军事行动，在 9 月下旬至 10 月中旬，一举解放了一批日伪据点，连同日军投降之初进驻的在内，约占全岛的百分之六七十。总共收缴各类枪支 3000 支和一大批敌伪资产。解放区的幅员扩展到全岛地域面积的三分之二，人口达半数以上。

1946 年 1 月 25 日，北平军事调处执行部第八执行小组到达广州，调停广东内战等问题。中共琼崖特委接到停战协定和停战令之后，立即发出《关于停止冲突巩固和平的指示》，要求全琼党政军民严格遵守和平停战协定，坚持自卫原则，发展生产。

国共两党签订的《停战协定》公布及特委按照上级精神下达指示后，有些干部的麻痹思想开始滋长。针对此，1 月中旬，冯白驹在特委机关驻地白沙县城牙叉主持召开了扩大到党政军群机关科级以上干部参加的特委扩大会议。他首先明确提出这次会议的中心内容：就《停战协定》公布后，琼崖当前的形势究竟战争是主流还是和平是主流的问题进行热烈的讨论。他说：这次会议既是学习讨论会，又是特委的干部扩大会议，要求到会的同志发扬党内民主精神、各抒己见、畅所欲言，通过讨论或者争论，辨明是非、正误，不仅要谈认识，还可以对今后工作方针、政策提出意见，以利于特委集思广益，对今后工作做出正确的决策。

会上两种有代表性的意见争论十分激烈。纵队副政委李明等人代表着一种意见，认为抗战胜利后，全国人民都渴望和平建国，国共两党重庆谈判达成的《双十协定》中确定的和平建国方针是两党协商一致的，停战令又是国民党之首蒋介石亲自签发的，在全国范围都有效。既然全国都必须停战，琼崖当然不能例外。现在琼崖各地发生的摩擦、冲突，纯属于局部的、暂时的事件，不会影响和平的全局，和平的主流已经不可逆转。因此，我们今后的工作方针是迎接和平、维护和平。

琼崖纵队副司令员庄田等人则代表着另一种意见，认为我们看问题不能从主观愿望出发，必须从实际出发。抗战胜利以来，国内不断发生局部战争，在琼崖则一直枪声不断，四十六军来琼，说明敌人已拉开了全面进攻的架势。虽然眼下还在打打谈谈，尽管我们要尽最大的力量去避免和推迟内战，但对蒋介石的反动本质及其反革命两手的一贯伎俩要有足够的认识，否则在政治上、军事上都要犯大错误。琼崖纵队参谋长李振亚，政治部、组织部部长陈青山，宣传部部长罗文洪等人也相继发言，表示支持庄田。

冯白驹用心倾听了双方的意见，经过深思熟虑之后，最后在总结发言中阐明了自己的观点。他回顾了国民党反动派在琼崖反共、反人民的历史，历数了抗战胜利以来国民党反动派掠夺胜利果实、向琼崖纵队发动进攻的一系列严重事件和罪行，接着指出：和平对于我们，本是件大好事，力争是毫无疑议的。问题是在于这种局面能不能够争取？用什么办法去争取？历史的经验告诉我们，蒋介石是不会轻易放弃反共、反人民的既定方针的，十年内战时期如此，抗日战争时期也是如此。现在他们又以和平为幌子，掩盖其准备发动内战的阴谋，这点我们要看清楚。从我们琼崖的情况看，更是越来越明显。国民党四十六军来琼后，不仅劫掠了大量的胜利果实，还制造了一系列向我们进攻的严重事件，目前又向我们白沙根据地逼近。可见琼崖并不是什么和平是主流的问题，而是急需准备战争、应付战争的问题。如果不是这样认识问题和提出问题，我们就会犯错误。

冯白驹的一席话，犹如层层剥笋，以其充足的事实和逻辑力量使人们不得不心悦诚服，琼崖全党全军的认识很快得到统一。会后，特委做出了加紧准备自卫反击战争的决定，立足于打，充分做好应变准备。采取的战略方针是避敌锋芒，挺出外线，与敌周旋，相机歼敌。并做了具体部署：立即精简领导机关，特委机关暂时撤出白沙根据地，转移到澄迈的六芹山；挺进支队随特委机关挺出白沙外围，争取主动，相机歼敌；白沙根据地主要依靠扩编的白沙县中队的兵力配合民兵开展游击战；成立琼文、东区、儋白、东定、澄临5个区的党的临时委员会，加强党政军一元化领导。

战士们和全琼人民一样渴望和平的出现，盼望着回家和亲人团聚，回去自由自在地耕耘播种，尽情地享受天伦之乐和收获的喜悦，特别是听说毛泽东主席亲自到重庆去和蒋介石谈判时，有些干部、战士更是想入非非，有的打算回去找媳妇成家，过上小日子；有的希望回去买头牛，种上水稻，吃上几顿饱饭；甚至有几个战士请假回去探望父母后，竟一去不复返。

始终保持着清醒头脑的李振亚看到这些现象后，和政委符荣鼎商量了一番，便召开了中队以上干部会议，先统一干部的思想。在会上，李振亚扼要地分析了国内和海南的形势，特别谈到毛主席去重庆谈判的问题。他说："毛主席去重庆谈判，当然是为了争取和平。我们共产党人是希望和平的，我和大家一样，也希望琼崖和平的局面能早日出现。但是，光凭我们的愿望，能实现和平吗？大家想一想，如果你家隔壁住着一个满腹诡计的强盗，整天算计着你的东西，想把你置于死地，你能和他和睦相处吗？"最后，李振亚还列举了国民党的罪恶历史，告诫大家："狗是改不了吃屎的本性的。不能设想在某一天早上，那些十恶不赦的刽子手都突然放下屠刀，大慈大悲起来。曾咬过我们的疯狗还在，我们得提高警惕，否则，等到被疯狗咬了，后悔就来不及了。"

就在开完了中队以上干部会议后，总部通报了感恩城事件。通报说：抗战胜利后，部分指战员思想麻痹，特别是第二支队新编八中队，竟在没有取得上级同意的情况下，由感恩县副县长王廷俊率领擅自进驻感恩城。进城后，毫无思想警惕，结果遭国民党部队和日伪部队勾结合击，酿成了轰动全岛的血案。在敌众我寡、双方力量悬殊的情况下，八中队的战士们浴血奋战，除一女战士负伤倒在血泊之中幸免外，其余战士均英勇阵亡。

这个通报，无疑给那些幻想和平的同志服了一帖清醒剂。

李振亚在中队长会议讲话后，便返回总部去。牙叉会议的精神便由符荣鼎政委传达。在传达中，符荣鼎还以国民党在挺进支队活动的范围内占领南坤、旺商、福来、中兴、和安、和祥、加米、南宝等解放区圩镇的事实，揭露了国民党破坏停战协定、准备战争的罪恶行径。他告诫大家："只要猎人的枪是锃亮的，就是碰上猛虎也不可怕；但猎人的枪若生了锈，就是碰上小山猪也会被咬伤。"

牙叉会议统一了干部和战士的思想，为应付国民党军队进攻做好准备。

牙叉会议后不久，琼崖国民党制造摩擦、积极反共的丑剧愈演愈烈。全岛各地不断传来国民党进攻、袭击我琼崖纵队的消息。特别是四十六军的一七五师在西部地区更是肆无忌惮地挑起战火，向我四支队驻地频繁发起进攻，先后侵占了中和、新州、王五等圩镇。这时，特委根据全岛各地的情况，根据敌人重兵调集，并在五指山根据地外围集结的迹象分析，认为敌人的大举进攻已迫在眉睫，并且进攻的矛头可能首先指向我特委、琼崖纵队领导机关的驻地——五指山区。考虑到五指山根据地刚刚建立，还来不及做巩固、发展工作；而根据地内的黎、苗同胞，经国民党的反复摧残、压榨，生活十分困苦；加上这里经济十分落后，有限的人力、物力难以支持我大部队在此与强大的敌人进行长期斗争。于是，特委便果断地做出决定，除留下少数地方部队坚持斗争外，琼崖纵队机关和主力部队撤出五指山。根据特委的指示，挺进支队于1月开始撤离白沙，向澄迈县开进，于2月初到达了澄迈县仁兴、岭仑（今属澄迈县仁兴乡）一带。

李振亚在率领挺进支队掩护琼崖纵队撤离五指山、回澄迈好保的途中，就和国民党先头部队发生了战斗，后退回美厚山、六芹山坚持斗争。这时，敌四十六军主力因合围南丰、阜龙、牙叉落空，回师澄迈县，疯狂地向美厚山、六芹山发起全面进攻。

特委书记冯白驹找李振亚共同分析当前形势。冯白驹说，我们要利用美厚山、六芹山的有利地形开展游击战，与敌人做持久的周旋，近日最好寻机伏击进剿美厚山、六芹山之敌，给敌迎头痛击。李振亚回来立即召开大队以上的领导干部会议，他传达了特委和冯白驹司令员的指示精神，并和大家讨论研究如何利用美厚山、六芹山的地形优势，选好敌从福来仁洞往美厚山、六芹山必经之路以伏击敌人、歼灭敌人。会议决定集中4个中队力量，于仁洞坑附近选好阵地，在小山沟、稻田地伏击。3月9日，大约早上9点，敌人进入仁洞村，强迫群众带路。不久敌人先头一个排进入我军伏击阵地。我军立即集中火力向敌先头部队射击，发起猛烈的攻击。不到30分钟，消灭敌人前头一个排，缴获机枪2挺、冲锋枪4支、步枪10余支、掷弹炮1门，敌后头部队被我军火力阻击得到处逃窜。

仁洞坑战斗后，国民党一七五师集中3个团兵力向美厚山、六芹山进行报复性的大屠杀。情况非常危急，李振亚立即召开大队以上干部会议研究分析当前情况，决定各大队分散隐蔽、化整为零，寻机开展游击战，杀伤敌人有生力量，同时保护纵队部机关和冯白驹同志安全撤出六芹山，不让敌人发觉。

琼崖纵队机关和冯白驹安全撤离六芹山后，由张世英率第一大队掩护琼崖纵队机关撤退转移。

李振亚和支队部人员在南坤村附近丛林隐蔽，统一指挥。不久部队的伤病人员越来越多，粮食供应更加困难，他果断地指示，将部队从美厚山、六芹山转移到大岭脚、荔枝山和兰洋一带丛林隐蔽活动，积极开展游击战，打击敌人。

部队转战在澄迈县六芹山区期间，那艰苦的物质生活、那频繁的行军、那艰苦卓绝的战斗，是后人无法想象的。

部队的供给断绝了，战士们往往饿着肚皮打仗，或者找野菜充饥。由于野果、野菜吃多了，战士们脸浮脚肿、拉肚子，饥寒疾病往往交织在一起。

为了调节生活，炊事班常常把粮食和野菜轮着吃或搭配着吃。尽管如此，还是不能放开肚皮吃，只能限每人每餐一小饭团。炊事员把饭煮熟后，用两个半边椰子壳装上饭合起来再打开，就成一个小饭团，每人每餐只分得一个小饭团。领到饭团之后，还要等待炊事班长的"命令"，只有炊事班长下令开饭，大家才能动嘴。李振亚身为支队队长，也不例外。

一次李振亚外出未返，部队已经开饭。炊事班长特意给李振亚留下两个小饭团，并吩咐勤务员："如果支队长问你，就说是因为打了胜仗，每个指战员都配给两个饭团。"聪明的勤务员陈阿新会意地把饭团领了回去。不久，李振亚外出回来了。

"阿爸，你回来了，趁饭热汤暖快吃饭吧！"陈阿新，又名陈素珍，原是一名孤儿，是共产党从苦海中把她救出来的，她的爱人邢谷生是李振亚的警卫员。她念李振亚的救命之恩，认其为父，故称李振亚为"阿爸"，平时像对待父亲一样照顾李振亚。

"今天怎么多分了一个饭团，是老百姓送粮来了吗？"李振亚看到饭菜，产生了疑问。

"又要'审讯'是吗？"阿新胸有成竹地说，"别多疑，炊事班长说，因为打了胜仗，每个指战员都配给两个饭团。"

"你胡说，我不信，你跟我来……"李振亚喝了那碗野菜汤，就捧着两个饭团，要带陈阿新去炊事班问个明白。

"你去你就去，我不去！"陈阿新鼓着嘴赌气，"反正是炊事班分给你的，我给你领回都有罪，你老是这个怪脾气，以后让你饿着肚皮工作也不给领！"

李振亚仍不放过她，硬是把她带到炊事班那里。

"你们谁分饭的，每人分多少个饭团？"

"呵呵……支队长，怎么样，是饭烧焦了吗？"炊事班长早就摸透了李振亚的脾气，看到他手拿两个饭团，背后又跟着一个眼圆圆、嘴鼓鼓的小丫头，心中有数了，半正经、半打趣地说，"反正我是公事公办嘛，今天分饭人手不灵，多了一个饭团，大伙一致同意要留给你两个，我只好奉众人之命，不信你问问大伙好了。"

李振亚看看周围的战士，正想对证此事，但他还未开口，战士们齐声答道："老班长说得对，是我们叫留给你的，因为你比我们辛苦。经过长途急行军，刚到这里，你命令我们就地休息，可你却去侦察敌情。"李振亚看到战士们如此齐心，不好责怪他们。于是目光对战士们扫了一周，看到有3名刚刚病愈的战士，因为缺乏营养又多吃野菜不适，面部浮肿，就命令这3名战士站过来。这3名战士以为犯了什么错误，李振亚要处罚他们，就正正经经地立正。李振亚把手上的两个饭团分为3份，每人一份，说："你们3位同志身体不好，与我们一同行军打仗，你们比我更辛苦，把它吃了快回去休息，准备迎接新的战斗！"这3名战士接过李振亚的饭，想说什么，但什么话都说不出来，只是两行眼泪像泉水一般汪汪直流……

由于李振亚与战士同甘共苦，战士始终保持坚强的战斗意志。

不断转战，伤病员增多，独立支队人员减少，整编下辖称为坚持队和忠勇队，人员相当于两个加强中队。

1946年11月，国民党四十六军北调离琼，澄迈的情况基本稳定。李振亚率领挺进支队在澄迈一带和四十六军一七五师周旋，整整6个多月的反"围剿"战斗中，共打死打伤敌人300余人，缴获机枪4挺、步枪100余支、冲锋枪5支、掷弹炮2门。当时国民党四十六军所谓有名的"填空格"战术宣告失败。

在6个多月战斗中，首先遭遇的是牙蕉园战斗。当时国民党保安六团一个营兵力从屯昌来包围袭击我牙蕉园丛林驻地。李振亚亲自率领一个警卫班，从左侧后袭击敌人，配合正面部队打退了敌人的进攻，歼灭1个排，缴获机枪1挺、步枪10支，敌伤亡10余人，其余敌人逃回屯昌固守。

之后是风脚村战斗。敌保安六团团长杨开东率领两个营的兵力和澄迈县反动游击大队共千余人，向我军坚持队驻地风脚村包围时，坚持队利用原四十六军围剿美厚山、六芹山时所建筑的工事、战壕来抗击敌人的进攻，这时忠勇队驻园花村，李振亚命令忠勇队配合坚持队作战，围歼保安六团。当时支队仅有两个中队的兵力，敌我对比敌强我弱，力量超过两三倍，战斗开展得非常激烈。

我军坚持队英勇奋战，反击敌人多次进攻，战斗持续了 4 个小时。下午 4 点，李振亚亲临前线指挥，说："什么'天上雷公，地下杨开东'，就让我们看看他的本事吧。"他立即率领一个警卫排从敌指挥部左侧的小高地隐蔽接近小高地，集中火力向敌人冲击，打垮了杨开东的指挥部，动摇了敌人。这时，坚持队、忠勇队立即向敌人发起猛烈的冲击，歼灭敌人 1 个连、缴获机枪 2 挺、步枪 60 余支，敌死伤 60 余人，杨开东狼狈地逃回金江镇。风脚村战斗是李振亚以少胜多、以弱胜强的有名战例。

李振亚率领独立支队在六芹山一带不断出击，掩护琼崖纵队机关转移，吸引国民党"围剿"部队的主力，使琼崖纵队各支队得以避开敌人打击，保存有生力量。根据琼崖纵队命令，挺进支队离开六芹山，在敌后进行活动，进一步打击敌人，为纵队进行补给弹药物资。

李振亚率队离开六芹山进入敌后，人员和弹药得到补充，恢复了下辖中队的建制。

李振亚、符荣鼎率领队伍，以临高的和民乡（今属儋县和庆镇）一带为活动基地，四处打击敌人。他们按照总部要求深入敌后，大量歼灭敌人有生力量，粉碎敌人的全面进攻，并决定乘着敌人后方空虚，挺出外线作战，选定新盈港之敌为进攻目标。

新盈港位于临高县城北面约 20 公里处，是琼西北一个比较重要的港口，这里海运发达、人口集中、贸易兴旺。如果能攻占新盈港，势必极大地扰乱敌人的后方，挫伤敌人的士气，扩大我军的军事、政治影响。

根据我地下工作人员提供的情报，驻守新盈港的敌军有保六团的一个连，临高县自卫队一个排和一个盐警队，总兵力约 200 人。由于战斗是在远离我游击根据地的敌后进行的，为了确保战斗的胜利，李振亚召开了作战会议，制订了缜密的作战方案：决定由第五中队负责佯攻敌保安六团那个连的驻地；六中队负责警戒临高方向援敌；第三大队担任主攻，负责解决敌盐警队和自卫队，待到得手后，视情况再进攻敌保安团这个连。

5月22日黄昏，部队从和民出发，经数小时急行军，于凌晨到达了新盈港。深夜3点许战斗打响，第三大队在队长符志行、政委李恩铭的率领下，以迅雷不及掩耳之势迅速包围敌盐警队和自卫队，向正在熟睡中的敌人发起猛攻，并很快就将敌人全部解决。敌保安队见整个新盈港枪声大作，知道事情不妙，趁天亮前突围，向临高撤逃。途中与我警戒分队打了一仗，便丢枪四处仓皇逃窜。

天亮后，整个新盈港均在挺进支队的控制之下。这时，部队便开始惩办奸商，没收其盘剥囤积的物资，并向街头的群众进行宣传，揭露国民党四十六军在琼崖破坏和平、挑起战火、屠杀群众的滔天罪行。达到预期目的后，战士们便扛着战利品撤离了新盈港。等到大批敌人气势汹汹地从临高赶来时，部队早已无影无踪。这次战斗，全歼敌盐警队和自卫队缴获各种武器装备和物资一大批。

挺进支队和各支队在敌后频频出击，歼灭敌人的大批有生力量，改变了琼崖纵队的被动局面，搅乱了敌人的整个"清剿"计划。

根据琼崖纵队总部指示，掩护琼崖纵队跳出六芹山的张世英率领的第一大队，向李振亚驻地归队。经两天两夜急行军，挺进支队的两支部队终于在临高的和民乡会合。

正当他们准备在敌后实施更大的歼敌计划时，突然经受了"北撤"和"南撤"的两次风波。

首先是"北撤"的风波。

1945年2月，中共广东区委派联络员符气岵前往琼崖，传达中共中央关于派人到广州参加三人小组谈判，处理琼崖纵队"北撤"问题的指示。据此，冯白驹和琼崖特委决定派纵队副司令员庄田为全权代表，政治部宣传部部长罗文洪为助手取道香港，准备到广州参加与国民党当局谈判"北撤"问题和向上级党委汇报琼崖的情况。

1945年4月，正当冯白驹率根据地军民与国民党四十六军及地方反动势力浴血奋战之际，中共广东区委派前去联系电台事宜的林树兰返琼，传达了中央关于琼崖纵队北撤山东的指示：根据国共谈判协议的有关精神，琼崖纵队北撤山东，主要是撤干部，人数1900人，由舰艇运送。但应留一些干部，另组一套新的领导机构来支撑撤退后的工作。不北撤的军队人员则采取复员或自找职业留下来，等待革命高潮的到来。

为了贯彻中央关于"北撤"的指示，冯白驹召集特委、琼崖纵队主要领导成员会议，对北撤山东问题进行了认真的研究。冯白驹把中央指示结合琼崖斗争实际进行了反复周密的思考，认为：琼崖纵队北撤山东，是贯彻《双十协定》《停战协定》的具体行动。党中央从全国人民的利益出发，为了击破国民党的内战阴谋，让出广东等8个省内的根据地。这种让步是为了和平，为了团结，是从全局利益和全国的战略出发的，应该坚持贯彻执行。但是，考虑到琼崖的特殊地理条件和目前的斗争情况是：琼岛孤悬海外，远离党中央与红军主力；国民党当局在琼崖已发动全面内战，敌四十六军正千方百计寻找琼崖纵队主力决战，企图消灭琼崖纵队。在这种情况下，能否安全渡海北撤，北撤后琼崖革命力量如何恢复和发展，这都是当时面临的十分严峻而又属原则性的大问题。因此，对待"北撤"的指示不能采取简单地执行或不执行的态度，而是应做好两种准备：一方面做好"北撤"准备；另一方面仍然按既定战略部署，自卫还击，坚持斗争。撤得了就撤，撤不了斗争依然坚持，如此才不至于陷入被动局面。

李振亚在会上明确表示支持冯白驹意见，他认为必须有两手准备，一手"北撤"，一手"自卫"，决不能放松警惕。

冯白驹对"北撤"问题的见解得到了与会人员的一致赞同。会议经过认真的讨论，做出了对北撤山东做两手准备的决议，并就北撤干部、留下干部的名单，"北撤"后留下人员的工作任务和活动方式做了具体安排。

"北撤"的消息在部队传开后，许多干部想不通。有的拍着胸脯说："你们走吧，给我一支枪、两百发子弹，我保证坚持到底！"许多战士则怕骨干撤走后，自己复员回乡会遭敌人杀害；特别是无家可归的女同志，越想越痛苦，因而泪流满面；有的则要求迅速复员，以便早日回家过太平日子。在地方，"北撤"的消息一传开，干部群众思想波动极大，一些干部消极等待，不像以前那样积极大胆地开展斗争；一些群众听说部队要走，情绪低落，支前工作也懈怠了。结果导致部队粮食供应不足，非战斗减员增加，兵员补充困难，部队战斗力相对遭到削弱。

6月14日，冯白驹亲自起草并以特委名义发出了《执行上级指示继续坚持自卫斗争的工作决议》。冯白驹在决议中全面总结了几个月来琼崖特委坚持自卫战争正反两个方面的经验教训，检讨了半年来特委中存在的和平幻想和消极等待"北撤"的错误，指出这是对中国的政局和琼崖的政局认识不清而导致的。

他认为，在全国还存在内战危险的情况下，就要下定决心坚持自卫战争，保卫来之不易的胜利果实。在决议中，他提出了继续坚持自卫斗争的措施：在政治上进行深入动员，从思想上扫清和平幻想，禁止谈论"北撤"问题，使党员干部克服各种消极等待、松懈斗志和盲目乐观的情绪，把思想统一到坚持自卫反击的立场上；在组织上，划定琼文、澄临、东定、儋白昌感、乐万保陵崖5个自卫斗争区，实行党政军一元化领导；在军事上，加强主力部队的组织领导和作战指挥，要求每个支队成立一个主力大队，作为机动歼击敌人的主要力量，其余部队编为县属地方部队，和县党政机关结合在一起，保卫民主政权。

在决议中，冯白驹还要求各级党政军组织必须密切与群众的联系，克服"左"倾的行动，发动群众配合部队作战，并按照党的经济政策做好征收军粮和税收的工作，为自卫反击战争做好充分的物资准备。

李振亚在挺进支队中队长以上会议中传达了特委的决议，并且在会上有预见性地说："国民党反动派是不会放下屠刀的，我们要加强练兵，立足于打！"

这一决议贯彻执行后，及时扭转了被动局面。同时，琼崖特委派专人向广东省委汇报，提出对"北撤"的意见。

董必武、廖承志在听了琼崖斗争的汇报后电告中央："国民党顽固派回琼后，夺去所有县城，控制中心点。日寇曾在琼开采铁矿、有轻便铁路，琼崖有成为美帝重要根据地之可能。以上都证明琼崖必须做好长期与黑暗斗争的准备；我琼崖特委仍能艰苦坚持，指挥五个支队，四千六百人枪，冯白驹显出有领导才能，并在紧急时反对动摇倾向，在群众干部中建立了威信；我们商定琼崖党思想上应确定唯有艰苦留琼崖战斗，开展群众工作，精简隐蔽地方组织，巩固武装分区打游击，将来反独裁内战胜利时，对琼很有利，如长期内战，琼崖反正一样，所以必须反对和平隐蔽、大批离琼等幻想，且事实上不可能。冯白驹同志必须留琼坚持。"

后来，由于国民党广东当局张发奎不承认中共琼崖地方组织和琼崖纵队，妄图把琼崖特委和琼崖纵队留在琼岛并待机消灭，结果琼崖纵队北撤山东的计划未能实行。

接着是"南撤"的风波。

1946年6月底，广东东江纵队根据广东和谈三项协议开始北撤。广东区党委考虑到，东江纵队北撤后，国民党有可能加强对琼崖特委和琼崖纵队的压力，为了保存力量，区党委便提出要琼崖特委所属的部队和地方干部向越南北方撤退。8月，中共广东区委派张创（琼崖特委派到香港与广东区委和东江纵队从事联络工作的）回琼传达"南撤"指示。指示称："全国内战爆发后，广东将出现十年黑暗的局面，琼崖斗争将更加艰难，琼崖特委须将琼纵主力撤往越南，留下人员主要是占领山头打游击，可以复员或者出洋，以减轻负担。"传达指示的张创，甚至把撤往越南北方的地点及在什么地方登陆、用什么信号联络都带到了琼崖。

冯白驹深感这是一个关系到琼崖革命生死存亡的重大问题。上级指示如同泰山压顶，何去何从？他深知，如果一着不慎，后果不堪设想。这事关琼崖300万人民的命运，事关党的利益，事关革命的成败啊！在这关键时刻，他觉得党和人民需要他拿出全部的智慧和胆略。

他对身边的特委成员和传达指示的同志说："我怀疑这个指示的正确性。坚决不执行！党以后如何处分我都行。"接着，他详细阐述了不执行这个指示的理由："目前敌人正向我们疯狂'围剿'，敌人严密控制沿海港口和船只，我们不但找不到那么多船只，即使有船，大部队在海上航行遭到敌军舰、飞机袭击时难于应付，强行南撤，实际上是把琼崖的全部革命力量丢在海里。即使能够安全到达越南，今后怎么打回来?！再说琼崖人民也决不会答应！如果在岛上坚持下去，目前虽然敌人暂时强大，但我们有坚持二十年孤岛斗争的经验，有坚强的党组织和军队，只要紧紧地依靠人民群众，斗争方针、政策正确，是完全可以坚持下去的。"

鉴于"北撤"风波的教训，为了慎重处理这个指示，冯白驹和特委成员商量后决定：将情况和自己的意见向广东区党委和党中央报告，指示暂不执行；在未做出决定前，绝对不允许向下传达，以免再次引起思想混乱，影响目前的自卫反击斗争，等候上级和党中央的新的指示。

不久，广东区委又派联络员张瑞民返琼，再次传达了关于"南撤"问题的指示，内容与上次基本相同。不同的是，对这个指示执行与否，由琼崖特委视实际情况而定。于是冯白驹便主持召开特委会议，研究讨论琼崖各方面的情况。一致决定暂不执行"南撤"指示，并向广东区党委和中央就此问题提出请示，以等候上级进一步的明确指示；同时向全琼党组织发出《坚持自卫反击战的再决议》，号召全琼党政军民坚持自卫反击，坚决打退国民党四十六军的疯狂进攻。

9月23日，中共琼崖特委与延安中断了5年的电讯联络得以恢复。中共中央决定：从10月起，在"领导关系上，以后琼崖特委直属中央"，并指示冯白驹和琼崖特委要"经常联络"。

在两次风波中，李振亚都坚定支持冯白驹的正确意见，因为它符合琼崖斗争形势。他认为只要敢于坚持斗争，就一定能取得最后的胜利。

自 1946 年 7 月至 1947 年 3 月，中国人民解放军在全国战场上共歼敌正规军 70 个旅；蒋介石集团已处在政治、军事、经济三大危机之中，一天天步入衰败；中国共产党领导的革命力量则一天天成长壮大，迅猛向前发展。

海南岛上的国民党四十六军北撤后，国民党方面又委派反共老手蔡劲军主管海南军政大权，并从大陆调来保二、保三、保四、保五共 4 个保安总队（一个总队相当于一个团）来接替海南防务。连原在海南的保六、保七总队及要塞守备总队一起，总共有 7 个团的正规军，各地还有县自卫大队等一万多名土顽武装。而琼崖纵队在四十六军全面进攻的艰苦斗争中，由于战斗频繁、残酷，环境十分恶劣，粮食供应困难，部队的战斗减员和非战斗减员比较严重。在敌我对比上，敌人虽然不像四十六军在琼时那样占有绝对优势，但还占据上风。因

琼崖纵队领导在前线

此，蔡劲军自恃手中有本钱，一走马上任，就生起反动"三把火"，狂妄地制订"清剿"计划，口出狂言，吹嘘要在"六个月内消灭琼崖土共"。但敌人由于兵力不足，其作战计划便由四十六军时期的全面进攻改为分期分批的"重点清剿"。

面对骄横疯狂的敌人，总部要求各支队进行整编，总结战斗经验，调整部队编制。根据总部的指示和挺进支队的情况，决定把挺进支队的编制调整，编成一个主力大队（辖 3 个中队）和一个短枪队，收拢五指，握成拳头来对付敌人，并决定整个支队集中于西昌圩（今属屯昌县西昌镇）进行整编。

整编开始，由符荣鼎政委做总结。在总结中，他根据总部的情况通报，谈到了琼崖纵队在过去 10 个月中与四十六军作战的成绩：共进行大小战斗数百次，消灭敌人 3000 多人，缴获轻重机枪 20 挺、冲锋枪 9 挺、长短枪约 400 支、六〇迫击炮两门，摧毁了数十个堡垒。符荣鼎还总结了挺进支队在 10 个月中与四十六军作战的经验和教训。在整编中，张世英着重介绍了在六芹山保卫琼崖纵队机关的艰苦斗争。

李振亚则从战略战术的角度，总结分析了挺进支队在 10 个月中所进行的一些战斗，以提高指战员的军事指挥能力和作战水平。李振亚还着重讲授了游击战的特点以及在实施过程中应注意的问题。

在总结中李振亚强调，从全国军事战略形势来看，国民党军队已经从全面进攻转入战略防御，四十六军北调，就说明国民党兵源和装备的衰竭，是其日益走下坡路的迹象。蔡劲军看似来势汹汹，其实也是一群没有百姓支持的保安团，是经不起打的。因此，只要我方战术上采取转守为攻，积小胜为大胜，不断歼灭其有生力量，琼崖纵队一定会出现战略反攻的形势。

总结一完，便进行整编。当时，挺进支队的建制虽然还有 3 个大队、9 个中队，但每个中队最多的只有 50 人，可见战斗减员是比较严重的。根据这些实际情况和总部的指示，挺进支队整编后，支队部番号不变，所辖编制缩为一个主力大队和一个短枪队，主力大队代号称为救民部，短枪队代号称为猛冲队。

部队整编后，又转入小型军事训练，学习、提高军事技能。经过这次集中整编，指战员们的思想觉悟和军事水平都有了提高。

整编刚完，就得到敌保安四总队一个连进驻澄迈一区美厚乡美厚村的情报。敌人由于孤军深入，不知虚实，为防偷袭，每天晚上都派出一个排在美厚村外的美厚岭上警戒。这正是一块送上门的肥肉。支队经过研究后，决定把这次战斗作为这次整顿的一次实战训练，由刘英豪率领主力大队争光队乘夜袭击，吃掉在美厚岭警戒的敌人，并寻机吃掉从美厚村出援之敌。由于战士们斗志高昂，加上部署得当，战斗进行得十分顺利，仅 20 多分钟就歼灭了美厚岭的敌人，歼灭敌排长以下 20 余人，缴获轻机枪一挺、步枪 16 支。驻在美厚村里的敌人，虽然听到枪声大作，但知道自己孤立无援、自身难保，始终不敢出援。次日，敌援兵来助威壮胆，他们才夹着尾巴逃跑了。

蔡劲军抛出第一期 3 个月"重点清剿"计划后，便于 1946 年 11 月集中了保安六、保安十总队全部，加上地方反动武装共三四千人之众，开始把矛头直指其"重点清剿"目标——琼文地区。

敌人在"清剿"过程中，采取了军事"进剿"与政治瓦解双管齐下的方针。每到一个地区，先进行"轮番扫荡"，"反复清剿"，疯狂镇压，然后搜罗爪牙打手，建立区乡反动武装，编保编甲，调整、加强区乡反动政权，以此来破坏基层党政组织；同时进行欺骗宣传，实行所谓"通匪、济匪、藏匪者杀"的"十杀"政策和"十家联保"的做法，以此离间人民群众与琼崖纵队的关系。

当时，活动在琼文地区的是第一支队。敌人数倍于我，面对如此凶残、毒辣的敌人，琼文地区的局势是十分严峻的。琼文地区是琼崖纵队的老根据地。这里人口集中、物产丰富、交通方便，历来为兵家必争之地。因此，琼文地区反"清剿"斗争的胜与败，将直接影响到全琼的斗争。

为了粉碎敌人的"清剿"计划，12月中旬，琼崖特委在澄迈县加总乡（今属屯昌县南坤镇）召开了各地区临委书记和各支队负责同志参加的联席会议。李振亚代表挺进支队出席了这次会议。会议首先学习了党中央的指示精神，接着冯白驹同志做了题为《自卫战争的新形势和新任务》的报告，总结了我军10个月来粉碎四十六军全面进攻的斗争经验，分析了当前海南的形势，提出了今后斗争的主要任务。在此基础上，经充分讨论研究，制订了粉碎蔡劲军"清剿"计划的对策与作战方针，决定：敌重点"清剿"区里的部队应与敌人周旋，广泛开展游击战，寻机杀伤敌人，保存、发展自己力量；非"清剿"区的部队则应积极出击，歼灭敌人有生力量，开辟新区，来牵制敌人，策应"清剿"区的反"清剿"斗争。

各地区临委书记联席会议精神很快便向支队中队以上的干部做了传达，同时向大家报告了一支队在三江圩痛挫保安六团、连续打了几场胜仗的消息。大家听后，精神抖擞，信心百倍，决心积极寻找战机，牵制和歼灭敌人，策应琼文地区的反"清剿"斗争。

李振亚指挥挺进支队，进续主动出击，粉碎敌人的进攻。

李振亚指挥挺进支队救民部，在澄迈第二区西坡乡的红土坎重挫了深入我根据地"扫荡"的敌保安四总队的一个连。

为了配合琼文地区的"清剿"，驻扎在澄迈的敌保安四总队派出一个连部队，窜到澄迈游击根据地内的土龙村。当时，根据情况分析，敌人还将向根据地推进。李振亚在战前分析，选择道路狭窄、地形复杂、不利于敌人展开战斗队形的红土坎作为伏击地点。他将独立支队的坚持、争光、奋斗3个中队安排在红土坎山路两侧的山包上，并做了战斗布置。

果然不出所料，清晨，敌人便从土龙村出动，向根据地牙蕉园方向"扫荡"而来，正好从埋伏地点红土坎的山路经过。待敌人进入伏击阵地，争光队首先以重机枪的火力杀伤敌尖兵排，坚持队和奋斗队也向敌人猛烈射击。由于这段山路非常狭窄，敌人队伍拉得过长，尚未进入伏击阵地里的敌人便抢占附近制高点，组织火力还击。结果部分敌兵得以死里逃生。经过一小时的激战，敌人见死伤不少，知道顽抗下去后果不堪设想，更怕被我方迂回包抄，只好夹起尾巴循原路往土龙村逃窜。这一仗，全歼敌尖兵排，敌其他排也遭一定杀伤；我方则缴获敌轻机枪一挺、各种枪支30余支。经这次打击后，敌人的气焰有所收敛，再也不敢轻易深入根据地。

红土坎战斗后，挺进支队又积极寻找战机，歼灭敌人。他们收到西坡乡政府的情报，得知驻在坡尾据点的敌保安四总队第一大队每隔一天就派出两个排，从坡尾到加乐去联络维护交通线。这又是一个歼敌良机。于是，李振亚指挥坚持、争光、奋斗3个中队于拂晓前进入坡尾至加乐途中的高田坡阵地埋伏，等待"猎物"。这次伏击，毙伤敌人50余名，缴获轻机枪两挺、步枪、冲锋枪22支，只剩少数敌人失魂落魄地逃回坡尾据点。

回到驻地，吃完晚饭后，夜幕已经降临了。经过一天的战斗，大家疲乏不堪，都想美美地睡上一觉。但这时，副支队长张世英却丝毫没有睡意。考虑到高田坡伏击战被杀伤的敌伤兵不可能在一无医、二无药的坡尾据点久留，坡尾的敌人肯定要派人护送他们到金江镇去治疗。于是，他便叫传令兵找来向导王启琼，问他从坡尾到金江有几条路。王启琼回答："有两条路，一条经高田坡到金江，另一条经金沟岭到金江。"听王启琼这么一说，张世英心中更有数了。他与李振亚连夜召集各中队干部开会。在会上，大家都一致同意这种分析：坡尾的敌人走高田坡这条路吃了大亏之后，必然心有余悸，不敢再走，而可能改走经金沟岭至金江这条路。于是，张世英便带各中队长摸黑赶到金沟岭察看地形，选定伏击地点，紧接着又于拂晓前把队伍开进了金沟岭山路两侧高地的草丛中。

次日早晨，敌人以约一个连的兵力护送伤兵，沿着崎岖山路向金沟岭走来。吃一堑，长一智，敌人给打精了，刚走近金沟岭，看到这一带地形复杂，怕重蹈覆辙，便停下队伍，让尖兵班先行搜索。当敌发觉我埋伏后，战士只好先发制人，立即以一阵猛烈火力解决了敌尖兵班。枪声一响，敌人队伍大乱，准备后退。这时，各中队当机立断，负责断敌退路的奋斗队马上扑上去，截住敌人退路；坚持、争光队则像猛虎出山，以猛烈的火力杀伤敌人。这一仗，共歼敌60余名，缴获轻机枪两挺、各种枪支近40支。经这一仗后，坡尾据点残存之敌几天内都不敢迈出据点一步。

蔡劲军的第一期重点"清剿"计划失败以后，仍不死心，又不惜拿出血本，拼凑人马，企图下更大的赌注来挽回败局。从1947年3月起又开始了第二期"重点清剿"，而"清剿"的矛头，则指向在第一期"清剿"期间曾把敌保安四总队打得鼻青脸肿的挺进支队活动的澄临地区。那个曾被第一支队打得焦头烂额却还厚颜无耻地自诩为"天上雷公，地下杨开东"的保安六团团长，又充当了这次"重点清剿"的急先锋。他叫嚣"要踏平澄迈县'匪区'"，并亲自率领保安六团，分别进驻好保、中兴圩，准备向挺进支队驻地凤脚村一带"进剿"。

当时敌人的兵力有两个营和两个县大队，挺进支队和兄弟支队在这一带活动的仅有5个中队，敌人数倍于我，且武器装备也优于我。若是避敌不战，凤脚村一带的民主村庄就会惨遭摧残；若与敌人交锋，则敌强我弱，难以取胜。面对如此严重的局势，挺进支队领导和中队长都深感忧虑。

傍晚，李振亚拍着张世英的肩膀，说："咱们到村外走走。"在路上，李振亚边走边问张世英："这一仗，你看能不能打？"

张世英想了想，说："敌多我少，敌强我弱，要打恐怕难以取胜。"

他俩边走边谈，不久便来到了凤脚村外的旧碉堡、旧战壕前，这是敌四十六军驻琼时期为了进行"填空格"式的疯狂"扫荡"而强迫群众修筑的。这时，李振亚胸有成竹地说："战场上的较量不是数学上的纯数字的加减。在全局上，敌多我少，这是事实，但若是我们指挥得当，也可以造成局部的我多敌少嘛。"

对于这些军事术语，张世英是明白的，但现在问题的关键是如何造成局部的我多敌少。

李振亚见他还没有猜到其中的妙处，便用手指着那些旧碉堡、旧战壕说："你看，这些碉堡、战壕的前面是开阔的坡地，我们若在这里放上一个中队来坚守，敌人就是一个营来强攻，也难以得手。我们为什么不把这些工事加以利用，以此作为依托来消耗敌人的力量？然后我们隐藏起来的 4 个中队则可以看准一路敌人，出其不意地出击，以局部优势迅速歼敌，把敌人各个击破！"

听李振亚这么一讲，张世英顿时开窍，连声称妙。当李振亚把他的作战设想在干部会议上提出时，立刻获得大家的赞同，并很快决定了作战部署：由挺进支队出名的"钉子"连队坚持中队来担负坚守风脚村的任务，其余 4 个中队则隐藏在风脚村后的山林中，视情况出击，钳制一路，消灭一路。

原先，风脚村一带的群众听说杨开东这个以杀人出名的魔王要来，也有些担忧；如今听说部队要抗击敌人，都非常高兴，自发地送粮送菜劳军，又帮部队修整战壕。而挺进支队的干部、战士看到李振亚亲自指挥这次战斗，更是信心百倍。战士们说："有李参谋长指挥，我们定能把杨开东这个'天上雷公'打成死牛公。"

4 月 28 日早晨，敌保安六团两个营加上敌澄迈县自卫队千余人，分两路向风脚村发动进攻，左路从好保出发，由杨开东亲自率领一个营和自卫大队担任主攻；右路一个营从中兴出发，企图切断挺进支队的退路。

杨开东亲率左路主力来到风脚村外之后，便与坚持中队派出的班哨接火。班哨故意边打边撤，把敌人引诱到预定的防御阵地前。

杨开东自恃兵强马壮、武器精良，立刻向坚持中队发起强攻。坚持中队则凭借坚固工事，英勇迎击。尽管敌人把迫击炮、重机枪、轻机枪一齐用上了，成排成连地发起冲锋，但还是被坚持中队击退了。

杨开东见数次强攻均未奏效，便恼羞成怒，把全部机枪调了上来，从几个方向向坚持中队发起了更加猛烈的进攻。

　　就在坚持中队与敌主力激战时，负责切断挺进支队退路的右路敌人听到枪声越打越激烈，便从山林中抄小路前来增援，正好从在山林中埋伏的争光队的阵地上穿过。争光队与敌遭遇后，便先下手为强，以猛烈火力压制敌人。面对这一新的情况，李振亚立即命令张世英带领奋斗队投入战斗，从敌侧翼猛打，两个中队的猛烈火力，顿时打得敌人阵脚大乱。这时，李振亚抓住战机，亲自率领远征、胜利两个中队加入战斗，配合争光、奋斗中队猛冲猛打。经过3个小时的战斗，终于歼敌一部，其余溃逃。为扩大战果，李振亚及时命令部队迅速转移兵力，歼灭左路之敌。

　　杨开东听到右路枪声停止，感到情况不妙，进攻风脚村的势头也开始有所减弱。就在敌人准备撤退时，李振亚及时发出了出击的信号，于是，部队立刻以猛虎下山之势从山林中压了过来，敌人的队伍立刻像遇到了突然爆发的山洪，被冲得七零八落，像没头苍蝇似的到处乱钻。挺进支队乘胜追击，杀伤一批敌人。

　　战后，出了一个大笑话。杨开东出来之前，特意把好保圩的土豪劣绅召来，吩咐他们买好爆竹，待凯旋的国军一出现在好保圩外，就点燃鞭炮，庆贺"剿匪"胜利。而那些土豪劣绅为了讨好杨开东，还真的买了不少爆竹。结果，当杨开东率着残兵败将出现在好保圩外时，土豪劣绅以为是国军胜利归来，便争先恐后地点燃鞭炮，而杨开东吃了败仗，早已满腹怒气，见到此景，更是怒发冲冠，便拿土豪劣绅们出气，把他们臭骂了一顿。这事成了人们闲谈的笑料。

　　这一仗，挺进支队军威大振，毙伤敌人约200名，缴获机枪3挺、六〇炮两门，其他武器、物资一大批。

　　战后，李振亚在中队长总结会议上说："实战证明，转守为攻，积小胜为大胜的方针是正确的。我们缴获敌人的装备壮大自己，我们可以再装备两个中队，敌人却不行，蒋介石无法再给他们装备了。"

主动出击，成为支队指战员充满信心的决心。

风脚村一战，"清剿"之敌痛遭打击之后，再也不敢向解放区进犯，若出来"扫荡"，也是小心翼翼，不敢分散行动，更不敢孤军深入。李振亚和挺进支队几位领导经过研究后，决定派出行动迅速、作战灵活的短枪队，插向澄迈、定安的平原地带，在敌后采取飘忽不定、机动灵活的战术，四处打击敌人。

对于率领短枪队在敌后活动，李振亚已有成熟经验，也培养了一批骨干，因此取胜把握很大。短枪队挺进敌后，一方面扩大了我军的政治影响，另一方面没收奸商的物资，补充了支队的给养，来策应"清剿"区内的反"清剿"斗争，从而加快敌"清剿"计划的破产。

短枪队插到澄迈、定安一带的平原地区后，便以猛冲队的番号在这一带出现。这猛冲队的确有一股猛冲的劲头，时而像一股迅猛的旋风，突然出击，歼灭小股敌人，伏击敌军车，打得敌人措手不及；时而又化整为零，神不知鬼不觉地出现在作恶多端、血债累累的地主恶霸的院宅，铲除奸恶，为民除害。对于猛冲队的降临，人民群众拍手称快，而敌人则惊恐万状。尽管敌人绞尽了脑汁，不断派出暗探追查、调动部队搜捕，但均无所获，始终找不到我猛冲队的影子。

伏击敌人的汽车，是猛冲队的拿手好戏。他们不但来无影去无踪，打得干脆利落，而且花招多样，使敌人防不胜防。有一次，猛冲队的副队长符气元，仅带领一名通讯员和 10 多名群众，靠两支驳壳枪，就截获了敌人的一辆军车，缴获了一大批物资。

为了更好地扩大挺进支队的政治影响，缴获更多的物资以补充给养，猛冲队决定打进东山圩。

东山圩位于平原地带，这里盛产稻谷、黑豆，素有"粮仓"之称。加上这里交通方便、商业发达，是琼山、定安一带出名的小集市。正因为东山圩在经济上有一定的地位，敌人尽管兵力吃紧，但仍派出一个自卫大队驻守在这里。该大队利用日军时期的据点，大兴土木，筑起炮楼，并在据点四周筑起围墙，围墙外面修复了一条 3 米深、4 米宽的环形大壕沟，壕沟外围，还拉起了一道铁丝网。可谓戒备森严、防守坚固。

敌人固垒而守，在兵力上又占有很大优势，我们要硬打强攻，显然力不从心。为了做到既入蛇穴，又不被蛇咬，猛冲队派人做了周密侦察，并召开诸葛亮会，让大家出谋献策，终于想出了"大闹东山圩"的妙计。

夜深了，大地死一般的寂静。猛冲队突击组剪断了敌人的铁丝网，像夜猫子似的越过敌人的壕沟，悄悄地爬上围墙，神不知鬼不觉地干掉了据点里的敌哨兵，并悄悄地打开了据点大门，用机枪封锁了据点门口。

这时，在敌人的大队部里，大队长和几个中队长正在亮如白昼的汽灯下玩牌九，其中有一个家伙听到了异常声音，忙出来探个究竟。结果短枪队员一排子弹打过去，便把这个家伙送上了西天。枪声打破了黑夜的寂静，据点里的敌人乱成一团。据点四周杀声四起，枪声、鞭炮声、呐喊声铺天盖地，大有千军万马攻打据点的气势。

敌人看到突击队已进入据点，早已惊恐万状，而听到这浩大的进攻声势，更是胆战心惊，便都龟缩到宿舍和炮楼里，不敢出来，只是盲目地放枪壮胆。就这样，部队完全达到了虚张声势，以少数兵力控制敌人的目的。

据点里的敌人被控制后，短枪队行动组便在地方党组织的配合下，对东山圩那几个死心塌地跟随国民党为非作歹、囤积居奇、残酷剥削群众的奸商采取行动，从他们的庭院、仓库、住宅中搜缴了大量的布匹、药材、大米和银圆。

随着猛冲队的声威越来越大，他们活动的范围也越来越广。连敌人重兵驻守的福山、白莲一带，也有他们活动的足迹。

在离马村不远的海边一带有个石划村，村里的罗光帮、罗光斗两兄弟是一对作恶多端的流氓恶霸，当地群众都称他俩是一对"吃人虎"。日军投降后，这两兄弟网罗卵翼、纠集兵痞烂仔，在村里成立了联防中队，专门与有地下党组织秘密活动的马村唱对台戏，经常到马村去抢劫妇女，抓捕、敲诈革命者的亲属，可谓无恶不作、血债累累。

为了打击敌人的嚣张气焰，猛冲队决定铲除这对恶虎，端掉石划村的伪联防中队。

根据澄迈四区区长劳介秀送来的敌据点要图，得知敌联防中队驻在一座坐南向北的大院里。这所大院前后有两幢房子，东西两侧的围墙紧连着房子，中间是庭院，西边有一个炮楼，炮楼上日夜有哨兵站岗，炮楼上的射孔和瞭望孔均对着院外。整个大院仅有南边的大门可以进出。罗光帮、罗光斗这对恶虎虽然也时常提防遭人算计，但他们做梦也没想到，共产党的部队竟会从天而降，下来惩罚他们。

根据敌据点的情况，猛冲队只要把南边的大门控制起来，从北面的敌人住房后面发起攻击，敌人便成了瓮中之鳖。于是，魏学良率领了20多人的突击队，带上几挺轻机枪，由向导带路，于夜晚神不知鬼不觉地潜入了石划村，把敌据点包围起来。他们于午夜开始行动，先派一挺机枪负责堵死敌人进出的大门，然后分成两个小组，分别从地面和房顶对付敌人。第一组的同志先动手，从北面在敌屋子后面的窗户上架起机枪，对准熟睡的敌人猛烈扫射，当敌人鬼哭狼嚎、洋相百出地从屋子逃窜出来时，第二组就从屋顶甩出成串的手榴弹，又炸得敌人喊爹叫娘、血肉横飞。由于敌炮楼的射孔都是对着院外的，射击死角又很大，在上面放哨的敌兵对我们的行动几乎没有威胁。在慌乱中，敌人企图打开大门逃命，结果又被猛烈的火力堵住，只好抱头鼠窜，缩到了西边的柴火房里。当我们的战士从窗户、房顶跳进大院时，30多名敌人便束手被擒。

这一仗，全歼敌联防中队，罗光帮、罗光斗这两只老虎也在激战中一命呜呼。突袭石划村敌联防中队一战，起了杀鸡儆猴的作用，使这一带海边的恶霸地痞老实了好多，再也不敢那么放肆地胡作非为了。

猛冲队在几次奇袭中都大获全胜。猛冲队队长在总结中说："李支队长教给我们重要经验，以少胜多打击敌人，一定要智取！"

猛冲队在敌后这么一搅，进入我澄迈游击根据地"清剿"的敌人更是心神不定、无心进剿。挺进支队又抓住有利时机，决定在敌"清剿"区中主动出击，多次打击敌人，5月5日攻克澄迈的封溪圩。5月14日又围攻澄迈加训洞敌据点，给敌人以重大杀伤。由于敌人连连损兵折将，第二期重点"清剿"只好草草收场，落得个更加惨败的结局。而那个初踏澄迈县境时还气壮如牛的保安六团总队长杨开东也深感回天乏力，于是被削官撤职。

在打败敌人重点"清剿"以后，李振亚在挺进支队总结会议上说："积小胜为大胜的方针是正确的，从战术上我军不断歼灭敌人有生力量，蒋介石对琼崖国民党部队已经无法补充兵源和装备，我军要从战略防守进入反攻！"

由此，他向琼崖纵队司令员冯白驹提出了"从战略防守转为战略反攻"建议。

从 1946 年 6 月至 1947 年 6 月，我英勇的人民解放军已胜利粉碎了国民党、蒋介石发动的"全面进攻"和"重点进攻"，国民党的总兵力已减至 373 万，而我军的总兵力则增加到 195 万。敌我力量的对比正在进一步朝着有利于革命人民的方向发展。这时，海南战场的形势也和全国形势一样发生了很大的变化，在我琼崖军民的沉重打击下，蔡劲军的两期重点"清剿"计划均已破产，敌人已逐渐走下坡路，兵力吃紧，捉襟见肘的矛盾也日益显露出来，已没有本钱再次组织大规模的"清剿"。而我琼崖纵队则在斗争中得到了进一步的发展。

1947 年 2 月，中共琼崖特委报请中央批准，任命李振亚、吴克之分别任琼崖纵队第一、第二副司令员。

在这大好形势下，琼崖特委决定召开琼崖第五次党代表大会，分析新形势，确定新任务，准备夺取更大的胜利。李振亚出席了这次具有历史意义的重要会议。会议结束后，李振亚将会议精神向挺进支队的干部做了传达。

这次会议于 1947 年 5 月 9 日至 26 日在五指山中心根据地的什寒岭召开。在会上，冯白驹代表特委做了政治报告，他回顾了自 1930 年在母瑞山召开第四次党代会以来，海南党组织和军队在斗争中发展壮大的艰难历程，并总结了经验和教训。代表们经过充分讨论，一致通过了《琼崖第五次党代表大会决议》，要求全琼党政军民要进一步做好扩大和建设五指山中心根据地，进一步加强军队建设、党的建设和政府建设等 5 项工作。

李振亚的传达用了整整一个上午。

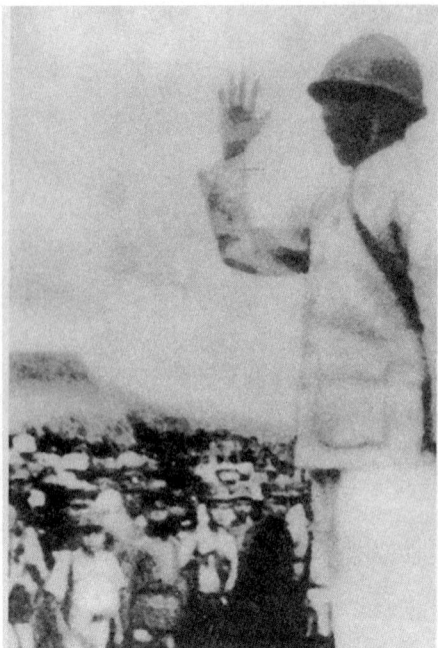

1948 年 9 月 16 日，李振亚在保亭县祖关圩对琼崖纵队 5 个支队 7000 名指导员做秋攻战前总动员

传达后，李振亚看望张世英，向他亲切地说："'五代会'做出决议，要进一步发展壮大琼崖纵队的力量，而要壮大队伍，就得有干部。战争这个学校已经帮我们培养出了一批有政治觉悟和战斗经验的好干部。总部已做出决定，我今后应以全部精力来考虑整个琼崖纵队的军事建设，就不再兼挺进支队的支队长一职了。这个职务就由你担任，符荣鼎同志也调到区党委工作。支队政委就由林明同志担任，副支队长由韩凤元同志担任。"

李振亚在支队全体指战员会议上宣布了支队领导干部的任免后，强调说："现在，各个支队都在积极贯彻'五代会'精神，争取早日打出新局面。前进支队已经一马当先，向保亭、乐东进军，扫除盘踞流窜在这两个县的国民党军队和残匪，进一步扩大和巩固五指山中心根据地。挺进支队也不能落后，应该积极出击，歼灭敌人，配合策应前进支队的行动。"

当天，张世英就派出侦察人员四处活动，并很快就抓到了一个歼灭敌人的好机会。

经过侦察，发现驻在南坤的敌琼山县自卫队第三中队为了保护南坤至林加公路，每天都派出两个小队沿着公路巡逻。于是，他便带领中队以上的干部到南（坤）林（加）公路上察看地形，选择伏击地点，部署战斗。

一天上午，当敌人沿着公路走入伏击阵地时，多种火器一齐开火，敌人纷纷倒地，仅 10 多分钟就解决了战斗。我方缴获掷弹筒一个、轻机枪两挺、步枪 30 余支。

经南林公路一战后，南坤、林加、松涛、兰洋一带的守敌都龟缩在据点里，不敢出动。根据这种情况，纵队副司令李振亚决定乘胜组织一次较大的战斗，横扫南坤、林加一带的敌人。他召集支队几个干部，研究、制订了作战方案。考虑到这次作战规模比较大，挺进支队的力量有限，李振亚便命令第四支队支队长潘江汉带领 3 个中队前来配合作战。

这次战斗，决定采用围点打援的战术，先派兵把南坤圩据点里的敌人包围起来，逼金江的敌人向南坤增援，而我军则选择有利地形，伏击援敌，然后再歼灭、驱逐这一带的敌人。

战斗完全按照李振亚的作战设想发展。当派出部队把南坤的敌人围困起来，驻澄迈金江的敌保安六团接到告急情报后，果然派出约两个营共 400 多人的兵力，浩浩荡荡地前来救援南坤。考虑到敌人曾多次遭我军伏击，路上必定倍加小心，如若于敌人出来时埋伏，则容易被敌人发现而错失战机，加上包围守敌的部队还未撤回，要伏击歼敌显然力量不足。于是，在敌人出来时，我方埋伏战士没有伏击，并指示围困南坤的部队必须在敌人援兵赶到时才撤离，同时要故意制造畏惧敌人援兵、慌忙撤离的假象。当澄迈的敌人赶到南坤后，见到我围城部队"仓皇逃窜"，第二天便在南坤一带"扫荡"，展示威力一天，然后才洋洋得意地班师回朝。这时，琼崖纵队早已在土龙村集结，并看好地形选好阵地，做好部署，等待来敌。

8 月 26 日，当敌人回师澄迈金江时，张世英便率领挺进支队按计划于拂晓前占领西昌至坡尾的鸡寮沟阵地,负责打敌先头部队;李振亚副司令跟随第四支队占领大武岭打敌后尾,两支部队前后夹击敌人。"凯旋"的敌人因被胜利冲昏了头脑,以为"共匪"早被驱散,做梦也没有想到会在路上"迎接"他们。

拂晓前,张世英带领走在队伍前面的猛冲队和争光队来到鸡寮沟,横穿公路进入公路左侧的无名高地,紧跟在后面的奋斗队也在争光队的右侧迅速占领阵地。当正打算再次横过公路,看看走在最后的坚持队是否跟上,按作战部署占领公路右侧的高地时,敌人的队伍已经出现在公路上。于是,战斗便仓促打响。

枪声一响,张世英担心的事情发生了,由于坚持队没有及时进入预定伏击阵地,遭到猝然打击的敌人便抢占了公路右侧高地,组织猛烈火力进行还击,对争光队威胁很大。当张世英正打算调整部署时,右侧高地上敌人的机枪突然全哑了。原来,走在队伍后面的坚持队听到枪声大作,立刻往预定伏击阵地冲,迅速从敌人背后冲上了公路右侧高地。

坚持队有个机枪手叫王国伟,来自黎族首领王国兴的家乡,别看他平日沉默寡言,像个老头,被大家称作阿公,但打起仗来却像一头猛虎。他冲在最前面,一冲上高地,看见敌人机枪正在吐火舌,便立刻冲过去,一把就从枪管上拽过敌人的机枪,而敌机枪手却死死抓住不放,尽管火红的枪管烫得王国伟手上的皮肉吱吱作响,但他死不松手,同敌机枪手一起在山包上打滚,最后终于夺过了机枪。坚持队从敌人背后出击,敌人猝不及防,被我歼灭,公路右侧高地很快被我坚持队控制住了。这时,各中队互相配合,猛冲猛打,特别是刘英豪指挥的争光队打得很出色。经近两个小时的激烈战斗,终于将敌前卫营歼灭过半,后卫营见势不妙,便仓皇占领大武岭对峙,因没有见到第四支队的配合,挺进支队才撤出战斗。后来才知道,第四支队由于向导王明春带错路,未能按计划配合作战。否则,敌人一定逃脱不了全军覆灭的下场。

鸡寮沟一仗,我军声威大振,歼灭敌人两个连,缴获6挺机枪和一大批武器装备。敌援兵遭此下场后，龟缩在南坤、林加一带据点里的敌人都惶惶不可终日。不久敌人慑于被歼，赶紧放弃据点，收缩到屯昌去，这一带地区遂告解放。

1947年10月，全国战场的形势已发生了根本性的变化。英勇的中国人民解放军由战略防御转入了全国规模的战略进攻，将战争引向国民党统治区。中国人民解放军总部发表了宣言，号召"打倒蒋介石，建立新中国"，中国人民的革命斗争已发生了伟大的转折。

这时候，在全国大好形势的鼓舞和推动下，琼崖地区的斗争也正朝着有利于革命力量的方向急速发展。蔡劲军的两期"清剿"计划破产后，一蹶不振。敌人士气低落，兵力吃紧，后方空虚，矛盾重重，已陷入难以自拔的困境。琼崖国民党保安队已被迫由重点进攻转入固点连线的防御，部队都龟缩在主要城镇和大据点里，已没有什么力量再进行"清剿"了。而我琼崖纵队则在反"清剿"斗争中得到了锻炼和发展，广大的农村已基本控制在我们手中，解放区的青年踊跃参军参战，队伍得到了进一步的扩大，作战水平也有了很大的提高。这时，挺进支队已发展到6个中队，而且每个中队都有100人以上。

在岛内外一派大好形势下，琼崖区党委经请示中央军委同意，决定召开琼崖纵队有史以来第一次全军代表大会。琼崖纵队总部向各支队发出了选举会议代表的通知。

这次会议是在五指山根据地的便文村召开的，参加大会的有琼崖纵队的主要领导和来自全岛各部队的代表，其中，正式代表有70多人。会议主席团由冯白驹、李振亚、吴克之、马白山和罗文洪5人组成。

会上，琼崖纵队司令员兼政委冯白驹代表琼崖纵队总部做了总结报告。总结的内容分为三部分：第一部分从云龙改编前后、抗日战争时期和自卫战争中的建军工作等几个方面回顾了琼崖纵队的战斗历程。第二部分从军事、政治建军等方面总结了经验和教训，既肯定了琼崖纵队所取得的重大成就，又指出了存在的问题。第三部分提出了琼崖纵队今后向正规化方向努力的意见，具体从树立全心全意为人民服务的观点、学习运用毛主席的战略战术、加强党对军队的领导等 12 个方面提出了要求。

接着，琼崖纵队副司令员李振亚在会上做了《十年来我军战术发展与经验总结》。

李振亚这 8000 多字的报告，分为两个部分。

第一部分，分析 10 年来战争形势日益朝有利于我方面发展，这除了客观情势有利于帮助我，主要的是敌我力量的变化，与我战术发展结果。

他指出："坚持持久的游击战争。初期实行伏击奇袭，打小战、简单战，不断地打击敌人，如罗牛桥、罗板、永兴等战役。由此逐渐提高自己，壮大自己，积小胜成大胜；又在这种基础上，吸取经验，进一步进行较大的较复杂的战斗，争取更多的胜利。这由总部返东区时开始，表现对国民党顽固军的大规模作战，而且对日军也能打较大的战斗，如美德之战。并且伏击的战术也向前发展，渐打渐大，由打车而打步兵，由近打而远打，由少数部队打到大部队配合打，由打死光才敢夺枪到歼一部夺一部。

"自卫战争时期，更向前进一步，不但能打步行之敌，而且打到数个连的步行敌人，打到运动中歼灭敌人。由完全纯游击战，发展到含有运动战性质的趋势。而且现在已在伏击基础上有运动迂回消灭敌人的趋势。"

在分析形势中，李振亚明确指出，琼崖纵队部队经过 10 年战火锻炼，已经从游击战进入运动战中大规模歼灭敌人。

第二部分，点明了 10 年来我军战术发展的根据、特点、趋向。

他指出："战术发展的根据，假如部队不发展壮大，根本谈不到战术发展。也就是说，根据我军的发展而推动战术的发展，不是凭空发展的，所以战术的发展离不开部队的发展。……战术的发展也要以武器的配备为根据，在一定的武器配备下，只能打一定的战斗。只有武器配备改善，战术才能发展……只有我军不断地强大，军事素养配备不断地改善，才能推动战术向前发展；也只有战术不断地发展，才能有力地加强作战指导，大量歼灭敌人，夺取武器，以吸取经验去加强自己，壮大自己。"

他指出："战术发展有两个不同的主要特点。由打小战到打大战，由打简单的战到较复杂的战，由打单纯的游击战到半运动战，由打小部队战到兵团战。这才是毛主席的军事思想。过去我军在抗日中对国民党顽军一开始即打兵团战，由兵团战旋回到游击战、半运动战，这是错误的方向……现在实践证明，现在我军是实现了毛主席军事思想作战的。"

他又指出："今后战术发展的趋向是我们应该在现有的基础上，即伏击配合运动战的基础上，不断充实运动战的内容，逐渐向运动战（突破作战、包围作战、迂回作战）发展。而且在敌我对比上，我们是可能向这种战术发展的。但这并不是放弃过去许多特长的战术（奇袭、伏击、袭击等）。"

他总结了化装袭击战、伏击战的经验教训及特点。从 10 年来几百次战斗中，他选出典型战例进行分析，把这些用鲜血换来的经验教训上升到理论，让全军指战员认识战争这门艺术。

他认真地总结突围战经验："（1）沉着、镇定、快速，利用地形地物布置顽强的抵抗，阻止敌人前进。（2）根据当时的情况，选择薄弱的一面，集中力量进行坚决的突击，尤其向敌人后方突击容易成功。（3）突围时要严格规定部署，特别对非战斗人员要严格管理。（4）突围开始时，指挥员应指挥前头部队，突围后指挥员应指挥后头部队，切实掩护主力撤退。（5）担任突击的前头部队要猛烈扩大突破口，占领有利地形，坚决抗击敌人，掩护主力撤退。（6）情况有利时集中主力进行反包围，歼灭或驱逐敌人，转变整个战斗局面。主力进行反包围时，掩护突围部队应由消极的抵抗，变为积极的反攻。（7）平时注意对这种战斗的练习，对非战斗的人员也要加以必要的教育，养成在紧急情况下仍然保持沉着、镇定、迅速的态度和动作习惯。"

吴克之在会上做了题为《典型战斗总结》的报告，琼崖纵队参谋长马白山做了《十年来军事管教总结报告》，另外，琼崖区党委政治部副部长罗文洪做了《关于改进领导作风，加强内部团结及加强政治教育、改造思想的总结报告》和《群众工作总结报告》。

会议期间特别使代表们深受鼓舞的是，中央军委来电批示：将琼崖独立纵队的番号改为中国人民解放军琼崖纵队，把琼崖纵队正式编入中国人民解放军的序列。中央还指定由冯白驹同志任司令员兼政委，李振亚、吴克之为副司令员，马白山为参谋长，林李明为政治部主任。

11 月 28 日，遵照军代会的决定，挺进支队和第四支队合编为中国人民解放军琼崖纵队第一总队，下辖一、二、三支队，其序列如下。

总队长兼政委：李振亚（兼）

副总队长：张世英　副政委：林　明

政治部主任：江　田　参谋主任：伍向华

下辖一支队：支队长为韩凤元，政委为林天生，副支队长为刘英豪；二支队：支队长为李恩铭，政委为许世淮，副支队长为肖焕耀；三支队：支队长为郭壮强，政委为符致洛，副支队长为冯位。

1948 年 9 月 1 日，冯白驹司令员在白沙县毛栈召开作战会议，研究作战计划，决定发动秋季攻势。会议确定出击方向为琼东南，主攻陵水、万宁、乐会、定安等地之敌，主要是以"围点打援"消灭敌人，把首战陵水县城作为秋季攻势的突破口，集中 5 个支队兵力，成立前线总指挥部，任命李振亚副司令员为秋季攻势前线总指挥兼政委。同年 9 月 18 日，部队集结于保亭祖关庙前线指挥部，召开支队领导干部参加的一次作战会议。李振亚在誓师大会上发出号召，向大陆的解放军学习，打到蒋管区去，打攻坚战，打运动战，打歼灭战，打阻击战，消灭敌人更多的有生力量，扩大解放区，迎接大军解放全琼。

在李振亚的指挥下，部队从保亭誓师出发，向陵水进军，包围兴岭敌据点，切断陵水和万宁县之间的联系，引诱陵水国民党保安三团及县大队出来并歼灭之。李振亚亲临前线指挥，侦察了解陵水敌情和周围地形，决定部队在分界岭周围丛林隐蔽休息，煮饭吃，做好战斗准备，选光岭为阻击阵地，正面阻击陵水县城援军。让敌人主力和指挥部进入光岭阵地后，我主力部队立即出击包围歼灭敌人。上午 8 点，陵水敌人开始向光岭七支队阵地以火力试探性地开炮攻击，并以少数步兵前进。这时敌继续用火炮和机枪火力猛烈地向光岭阵地射击，企图以火力压制和摧毁光岭阵地，掩护敌主力部队前进。一直打到下午3点后，敌主力开始向光岭阵地发起进攻。这时李振亚命令主力部队发起冲击，包围歼灭敌人。但因过早被敌人发现，敌主力马上撤退回陵水县城固守。仅歼敌先头部队一个连，打死打伤几十人，缴获步枪80余支、机枪2挺。光岭战斗后，前线指挥部李振亚副司令员命令立即挥师东进，连续拔除陵水至万宁一带的敌据点——港坡、乌石、兴隆、牛漏、米瑞塘、中兴等，毙伤敌100余人，缴获轻机枪6挺、步枪90余支和一批军用物资，使陵水、万宁的解放区、游击区和五指山中心根据地连成了一片。

秋季大攻势首战告捷，打响了琼崖纵队大反攻的前奏。

十九、血溅红棉树

1948 年 9 月，琼崖纵队向敌发起秋季攻势战役，李振亚兼任前线总指挥。

在秋季攻势战役中，我军在陵水县光岭战斗结束后，第三总队和第五总队参战部队，奉前线指挥部的命令，于 9 月 24 日黄昏连夜急行军到达万宁县境内，同时包围兴隆、牛漏、龙头湾、黎圯、中兴、李草塘等据点之敌。前线指挥部随部队同行，驻在距牛漏敌据点约 1 公里的村子里。到 27 日下午，在将近两天两夜的时间里，被包围的敌据点大部分都结束战斗了。因牛漏这个敌据点是在公路干线的一个高地上，地形开阔，据点的四周 1000 多米以内都是光秃秃的。不抓紧利用夜间有利时机构筑好工事和伪装，部队是难以接近敌据点的。当担任围攻牛漏敌据点的三总某支队的领导干部到指挥部报告说，因地形开阔，部队接近敌据点有困难时，李振亚很生气，严肃地批评后，并下达死命令："立即回去做好结束战斗的一切准备，

1948 年 9 月 27 日李振亚牺牲在红棉树下（左），50 年后老树又长出新芽（右）

限定在当天（即 27 日）夜间一定要攻克这个据点！"

李振亚的责任心是很强的，在战斗中也是身先士卒，当夜一定要攻破敌据点的死命令他下达了，但他还不放心，非要到阵地亲自侦察一下。当支队的领导干部走后不久，他就拿起雨衣到阵地上侦察去了。

9 月 27 日下午是阴天，整个下午都下着毛毛细雨。当时李振亚身上披的那件日军雨衣是反过来穿的，看上去全身黑黑的，加上他身材魁梧，两个卫士一前一后跟随着，目标比较大。大约是下午 3 点，他们到达阵地后，就越过部队包围线，弯着腰沿着右边的公路沟一直向敌据点前进。距敌据点约有 100 米时，李振亚隐蔽在一棵木棉树旁，用手提机枪向敌人据点打了一个点射，进行火力侦察。

就在此时，敌人从碉堡里突然打出冷枪，从碉堡内的枪眼孔中向他们瞄准射击，李振亚倒在红棉树旁，子弹从他左肩前的第一条肋骨下打入。这时，围攻部队看到敌人开枪射击了，也就集中火力向敌碉堡射击，用火力掩护把李振亚抢救回来。回来后医务人员急救时为李振亚验伤口，发现入口很小，出口不大，流血也不多，是被敌三八式步枪打中的。

李振亚被担架队抬回万宁五甲村，邢英花和王月芹等随送。当时在五甲村参加治疗照料的有军医主任林明汉、传令员陈德新以及两名卫兵，李振亚的战马也随众去了五甲村。

李振亚被抬回来后，林明汉和护士就急忙给他进行急救和治疗。但由于伤势过重，到28日零时左右，林明汉看到李振亚神色大变，估计情况不好，就向他问道："李副司令！您对我们有什么话要说的吗？"他答道："我不行了！部队暂由陈武英同志统一指挥。"又补充，"我这次负伤是不应该的，都是由于我轻敌和粗心大意造成的结果，要告诉他们（指的是陈武英、张世英），接受这个教训。"林明汉又问："你对王超同志有什么话说吗？"他答道："王超意志坚强，我不在了，她会正确对待的。但你们以后见到她时，叫她不要过于悲哀，要照顾身体，要革命到底。"

在抢救中，李振亚的意识是很清醒的。他对参谋杨仲民说："你们要接受教训，对战略不可忽视！"他反复嘱咐守护在身边的战友们，"要把攻势继续下去……要搞好情报……要搞好战斗的部署……"他握着护理他的邢英花的手说："花呀，你们要继续革命，为我们报仇！我要死了！"此后，他就渐渐地昏迷了，两个多小时后（即28日凌晨2点多）就逝世了。他倒在邢英花的怀抱里。

当他逝世时，同志们都泣不成声，接着医务人员就代他抹身和换衣服。李振亚生活简朴，平时穿的只有两套半旧衣服、一双汽车轮胎制的胶底鞋。陈德新同志拿一件新上衣，梁仲明拿一双新的短统体育鞋，都给他穿上。

李振亚不幸牺牲，指战员无不伤心痛哭。李振亚的战马也一样悲伤。平时它龙腾虎跃、饮食正常，而今俯首垂耳、默不作声。战士把它平时最爱吃的饲料、嫩草、野菜送到它的嘴边，它也不张口，只是轻轻地摇头、摆尾、落泪，鼻子里频频喷出粗气，过了几天，便默然死去。

李振亚和他的战马之间有许多动人故事。

在挺进山区战斗中，冯白驹同志特地给李振亚配了一匹战马，这是在对日军作战中捕获的。李振亚非常疼爱这匹战马。经过一段时间的训练，战马驯服。他摸透了这匹战马的脾气：爱吃高粱、玉米等饲料，爱吃溪边的嫩草、山上的野菜。他常常清晨就放马吃溪边的嫩草；外出归途中，看到有好的野菜就顺手扯一大把回来给马吃。在那战争年月里，很难找到粮食类的饲料，他往往把食堂分给他的饭省下一部分留给战马吃，自己则吃野菜充饥。有时他在山上找到好吃的野果，也留几个给战马尝尝；每逢刮风下雨，他总要关心战马是否被淋；晚上，也要看看，不准它卧地睡觉，以防生病；急行军中，人出汗，马也流汗，休息时，他叫卫士把马驮的沉重行李暂放下来，让战马也得到适当的休息，或者亲手为战马擦去身上的汗水……

战马也很懂主人的意思，时刻听从主人的使唤。在行军中遇到敌军或敌机时，李振亚命令它隐藏或卧倒，它就遵命。若在战斗中不见主人，它就嘶叫寻找。一次，李振亚病倒了，它四脚频频扒地嘶叫，俯首垂耳，草水不进，颇有悲伤之意。

李振亚很少骑马，行军中不是让伤病员骑马，就是让马替战士驮背包或者给炊事班驮东西，有紧急任务时，就让传令兵骑马去传达命令。战士们知道这是李振亚的专用马，都不肯骑。李振亚在战士们互相推让之下，往往牵着马同战士们一起走路。

一次，战士曾祥生病了两天，行军时感到十分吃力。李振亚知道后，立即把马牵来，叫马伏下，让他骑上。可是，曾祥生不肯骑："李副司令，你刚刚病好，你骑吧，我还能走路呢！"曾祥生勉强装作能走路的样子，一直往前走。李振亚拉着马在后跟着，一边走一边劝说曾祥生，可是曾祥生不理他。李振亚见没办法，就大声说道："小曾，你站住，我命令你骑马！"曾祥生回头立正，说："李副司令，这马是专门配给你骑的，你也有病，你为何不骑?"李振亚说："你别啰唆，什么司令不司令的，我也是普通一兵。这马是琼崖纵队的，谁需要就让谁骑呗！"说着，李振亚把曾祥生扶上了马。曾祥生骑上马后，看到李副司令员一步一步地在前面走着，不由得鼻子一酸，泪水夺眶而出……

前线指挥部决定，封锁李振亚副司令员牺牲的消息。为了安全地从前线将李振亚的遗体转移到琼崖纵队总部毛贵村，前指领导向水满乡政府的乡长李逐招（琼海县人）下达了"运炮"的任务。

李乡长于是从各村叫来10名青壮年男子，让大家在乡政府集中。李乡长对他们说，今天叫你们来的任务，是去抬部队的大炮送到毛贵司令部去。时间紧，任务重，现在马上行动。

听了李乡长的动员后，人们即向指定地点出发。他们走山路，越过几个山岭，大约中午时分就来到贺龙岭（今琼中县上安区和五指山区交界处）。他们在贺龙岭上已经看到别乡的同志把棺抬到那里。有位同志对他们说，棺里面放的是大炮，不要害怕。为了赶路，大家急忙启程。棺很重，要8个人抬，一路轮换着抬。他们抬着棺沿着早上走的山路往回走，到当天下午太阳落山时才回到水满乡政府。在乡政府住了一夜，第二天早上，他们继续抬棺赶路，经过牙排、牙合等地，当天下午顺利到达司令部驻地毛贵。

琼崖纵队司令员冯白驹迎接灵枢时失声痛哭，琼总机关人员也纷纷放声大哭，他们为琼崖纵队失去优秀指挥员而悲伤。

在李振亚牺牲当天（9月28日），琼崖纵队司令员冯白驹向王超发出急电，要她4天内赶到毛贵司令部。王超马上跟着交通员离开第一总队队部，昼夜兼程，于第四天赶到了司令部。匆匆放下行李，她立即去见冯白驹。冯司令员以非常沉痛的心情，低声对她说："李振亚同志在万宁前线牛漏战斗中不幸牺牲了。"

这真是晴天霹雳，王超放声大哭，冯白驹也失声痛哭。过了好一阵子，冯白驹才说："前线同志已经把他的遗体星夜兼程运回来了。李振亚同志的牺牲是我党、我军的重大损失，我们大家都很痛心，他的牺牲是很光荣的。人死不能复生，你不要过于悲伤，要保重身体，今后还有许多工作要我们去做。"

王超心里很感激冯司令，但控制不住悲伤的情绪，一句话也讲不出来，只是哭。她想起一家人，大女儿不到一个月就夭折；二女儿连名字都没有来得及取，就不得不托付给老乡，杳无音信；第三个孩子还在腹中时，因斗争环境实在太艰苦，为了革命工作只得流掉。现在丈夫也离她去了。她越想越心痛，整整哭了好几天。

李振亚的灵柩运回毛贵后，她摸着丈夫的灵柩哭诉："崇，你带病上前线指挥战斗，党需要你，人民需要你，战友们需要你，我也需要你，你怎么却死了呢？我要打开棺材见你一面。"领导和同志们都来劝说，李振亚同志牺牲已 7 天，不能打开看了。她只能陪伴着振亚的灵柩哭了两天。因为失去丈夫，失去最知心的战友，她哭倒晕过去。

她醒来时对冯白驹说："司令员，我会坚强地活下去，我会做好工作，把革命进行到底！"

冯白驹深情地向她致以军礼。

琼崖区党委、政府和琼崖纵队在毛贵为李振亚举行了隆重的追悼大会，李振亚同志的灵柩上覆盖着中国共产党党旗。冯白驹司令员兼政委致悼词。琼崖区党委做出了《关于追悼李振亚同志的决议》（1948 年 10 月）：

（一）振亚同志这次奉命领导部队向外出击，进行新的战役的攻势战斗中，不幸壮烈牺牲了。振亚同志的牺牲，是我们全党、全军与全琼人民的重大的损失。在全琼人民解放战争正向前猛烈展开而胜利发展的今天，在解放战争正趋日益剧烈与尖锐而胜利的前夜，打倒蒋匪、争取解放全琼任务益加繁重的时候，他的牺牲不能不引起我们全党、全军、全琼人民的悲痛哀悼。为着加强打败蒋匪，解放全琼人民，追悼振亚同志，非但借以安慰死者，且可激励我们，化悲哀为英勇，再接再励，求其更加杀敌致果，接继振亚同志所未竟的事业，完成党当前的艰巨任务。因此，号召全琼党政军民，应进行普遍而悲壮的追悼运动。

（二）振亚同志是广西人，现年四十岁，是破产地主成分（注：应为贫苦农民家庭），广西国民党中央教导团毕业生（注：在广西警备第四大队当副官）。一九二九年广西南宁事变后，他即随李明瑞部起义（注：同年 12 月，参加邓小平、张云逸等领导的百色起义），投入江西红军。从此，振亚同志就在党的领导下，过着革命斗争的生活，历时十多年。在这过程，他参加了中央苏区的反五次"围剿"，参加了长征，参加了反张国焘斗争。在抗日战争爆发后，他受中央命令派返华南，在广东东江领导游击战争。在一九四〇年又受中央命令派来琼崖。在琼崖将近十年的斗争中，他任过独立总队参谋长、三支队长、特委委员、挺进支队长，在五代会后又被选为区党委委员，独立总队改为中国人民解放军琼崖纵队后，又被任为第一副司令兼任西区地委书记、一总队长与政治委员，后为加强军事领导又调返司令部兼任参谋长。在将近十年的艰苦斗争中，振亚同志不仅受了党的重托，历任重要工作岗位，且能在他的岗位上增强他高度的责任心，发挥他的能力与技能，相当出色地完成了党的重托，对党对人民贡献了很大的功绩。这点固是振亚同志对党对人民所应尽的责任，但也是令我们的后死者，我们党政军民、干部与成员肃然起敬与学习的。

（三）振亚同志虽然是光荣牺牲了，和我们永别了，但他用血在革命斗争史上写下辉煌与永垂不朽的功绩，教我们如何去效法与学习。具体说来，振亚同志的特点是：①对党对人民的事业具有无限的忠心与决心；②有高度的责任心与勇于负责任；③有任劳任怨，不怕艰苦，埋头苦干与独立工作的精神；④有敏锐的自觉，知错改错，求改造，求进取；⑤生活朴素，办事认真，老实坦白，具有纯洁的无产阶级的意识与风度；⑥有深造的军事素养，勇敢、敏捷、机智与果断。这是振亚同志个人的特点，这个（些）特点，组成了振亚同志全程斗争的辉煌历史。振亚同志在我们党内，在人民面前，是一个很好的布尔什维克党员与难得的干部。

（四）我们追悼振亚同志，并不是庸俗的悲哀与伤感，而是革命的斗争与前进，变追悼的运动为杀敌的运动，把追悼振亚同志的悲哀与眼泪组织成杀敌的雄心与勇气，向着振亚同志辉煌榜样迈进，把所有的一切敌人杀掉，这个繁重的任务外，我们再做下面的具体决定：①军队方面，看环境与工作的关系，或以总队，或以支队，或以大队，或以中队为单位，召开追悼大会，在追悼会中全部挂制，在会中报告李副司令斗争历史，号召全体指战员、政工人员乃至一切工作人员继承李副司令的奋斗精神。为李副司令报仇而杀敌，缴获敌人辉煌战果来报答李副司令的不幸牺牲。②在党政方面，地、县、区各级可分别联合召开追悼会，在会中报告振亚同志的斗争历史和振亚同志对西区斗争上的贡献，号召全部参会人员向振亚同志对党对人民所贡献的事业学习，站紧岗位，倍加努力，完成生产与支前任务，来回报振亚同志的不幸牺牲。③党的支部组织与政权的基层组织、民众的基层组织，在乡的总支与政权组织的领导之下，进行公开的、半公开的或秘密的追悼会，在会中同样报告振亚同志斗争历史，号召一切组织成员与细胞，学习振亚同志的斗争精神，为打败敌人到前线去，参加武装斗争。④在根据地中、边沿区中，军队与各党政机关所召开的追悼会，应尽可能发动群众参加，藉资激励。

中共中央于 1948 年 11 月 17 日发来唁电：

冯白驹同志并转琼崖纵队全体同志：琼纵副司令员李振亚同志于陵、万战役攻势行动中英勇牺牲，实为中国人民解放事业中之损失，特致悼念。并望转示琼纵全体同志，继续努力，为坚持解放琼崖而奋斗，以纪念李振亚同志永垂不朽！

追悼大会后，冯白驹和琼崖纵队领导亲自抬着李振亚的灵柩去安葬。

中共琼崖区委、政府，琼崖纵队司令部、政治部，《新民主报》报社等机关干部在追悼会后抬着李振亚副司令员的棺木前往墓地，用党旗盖棺后安葬（戴水松帽者为冯白驹同志）

尾声

海南解放后，党和政府为了让后人永远缅怀革命先烈，将李振亚烈士的墓迁到海口金牛岭。琼中的黎族同胞们依依不舍，将李振亚烈士原墓修好立碑，年年祭奠。在万宁牛漏，为保护李振亚烈士牺牲遗址的木棉树，万宁县政府在树旁竖了李振亚烈士牺牲纪念碑，将木棉树围起来，让公路从两旁绕过去。在附近的东和农场，由马白山、林鸿盛等琼崖纵队老战士捐资，政府和东和农场资助建起了李振亚烈士纪念园。在李振亚烈士的故乡广西藤县烈士公园，李振亚烈士塑像也建了起来。在广西南宁市烈士陵园的陈列馆中，陈列了李振亚烈士花岗石雕像和他指挥秋季攻势的大幅油画。《中国军事大百科全书》将李振亚烈士生平收录其中。李振亚同志早年参加革命，参加过百色起义、苏区反"围剿"、二万五千里长征、南岳游击训练班、东江抗日、琼崖纵队，几十年南征北战，历尽艰辛。就在革命即将胜利的时刻，他牺牲了，来不及同我们一道分享胜利的喜悦和今天的幸福。人们将永远记住李振亚烈士生前说的那句话：“为了中国的彻底解放，不可能没有流血牺牲！”

位于海南省万宁市牛漏镇的李振亚纪念园